与寂静书

包苞 —— 著

长江出版传媒　长江文艺出版社

目　　录

冬日篇　疯狂的巨石再一次躲开人群落在了空地上

春日篇

幽昧的空气中有鸟声的灯盏

春 日

阳光下，风筝获得了生命，
它们的血液是蔚蓝色的。

天空在人们的眼中垂下来，
垂下来，像空无之树，
孩子们都在枝头盛开。

多么好啊！
万物都有花朵。一块古老的石头也要唱歌，
它把幸福，幸福成了泥土，
一半飘在风中，一半踩在脚下。

我也是一个幸福的人，
在人群中行走，忽而又飞上天空。

2018 年 2 月 25 日

晚　安

合上书本，向一束玫瑰说：晚安！
说：星空下幽静的小路渐渐睡熟，
空气中有你来过的一切证据。

说：宽阔的池塘是梦的闺房，
对着花丛，轻拍三下巴掌，
水面就会自然开启一段青涩回廊。

这些黑暗中的秘诀，书本里都有，
但我要说晚安。晚安，一束玫瑰！
晚安，静夜里一缕烛光的嫁娘！

2018 年 1 月 16 日

风从后面抱我

顺着你蜿蜒的国度，
我摸到星辰。
夜晚一阔再阔，直到起伏。

顺着你柔软的路径，
我摸到灯火。
暗地里发光的语言，都有灼人的芒刺。

黑暗一度灿烂！
风从后面抱我，
隐匿着的世界，就从我的体内徐徐升起。

2018 年 1 月 16 日

流 水

低，是一种指引。
曲折，也是。
在无路可走的地方，我等你。

没有任何好事一帆风顺。
隐秘的流水熟知人间的沟渠，
一路走来，心碎了无数次。

疼时有爱。
破处光生。
无边的黑暗里，流水在远行。

2018 年 1 月 18 日

胜　日

流水有了好脾气
经冬的枝条开始柔软
风，轻易就吹动了石头

暖烘烘的空气里，忧伤的枝条长得更快

抱怨每一个路口都有送别
抱怨空气里花朵都有骚动的心
抱怨曾有过的好日子都被时间辜负

万物体内都有一个春天
好日子会把它唤醒

2018 年 2 月 23 日

阳光中

阳光一落下，就是温暖的。
我听到大路边草木和石头在说话，
在谈论这么好的天气，飞鸟
为什么不停下来。

我也看到大路边
去年的枯枝上，有新芽绽出，
一粒，火种一样，有微羞的脸孔，
也有鼓胀的内心欲望。

和它们相比，我内心的涌动
一直都很隐蔽。阳光中，
有一百眼温泉，遍布我的全身，
但我忍着，不让它们冒出来。

2018 年 2 月 28 日

惊 蛰

早晨醒来，雪已经覆盖了草木和道路。
想着昨天你说过，虫子已经醒来，
花朵正要绽放，
我的心头就掠过无限寒凉。

日子从来不对草木许诺温暖。
好在我对春天也并无奢望。

遇见什么，就爱上什么吧。
毕竟惊蛰了，内心的那只虫子已经醒来，
它还羞涩，但从来不怕冷。

2018 年 3 月 6 日

鸟　声

幽昧的空气中，鸟声的灯盏亮着。

我的屋后有大树，屋前
有横斜的枝条，
窗口以远，是整座山坡。

好梦醒来，就是鸟声的甜点隔着窗口送进来，
一粒粒，软糯香甜。

"因为不偷懒，鸟儿才把自己送上天空吗？"
我这样想时，有几只歪着脑袋叫我"姐姐，姐姐……"
有几只，已经朝着山坡飞去。

远方的山坡上，阳光鲜嫩
桃花正在盛开。

2018 年 3 月 6 日

桃 花

桃花盛开，就是要人心生疼爱。

一个不留退路的人走在风中，
不管不顾的样子，很像桃花在盛开。
如果只是在乎自己，柳树可以不发芽，牡丹
可以晚上两月。可桃花要开了。

如果只是盛开，妄念就会实现。
风吹了一遍
又一遍
桃花就会掉落。田头的归于泥土，
河边的归于流水，我心中的
归于一场乍起的风雨。

桃花薄脆，透沁血色，
一夕，也许就是一世！

2018 年 3 月 8 日

原　野

开阔的原野上，两只喜鹊在飞翔。
两只，欢快的喜鹊，阳光中制造着浪花。

开阔的原野上，除了它们，一无所有。
你说，它们的欢乐有多大！

开阔的原野上，除了它们，一无所有。
你说，它们的幸福有多辽阔！

在两只喜鹊身上，世界是干净的，
是非没有中间路线。

在我眼中，原野，就是两只喜鹊小小的心脏
在阳光中"怦、怦、怦"闪着迷人的光。

2018 年 3 月 9 日

晴 日

逆着阳光，桃花在开放。

天空无限俯身向下
蔚蓝色的
没有边际

荒原一再开阔
只为这粉色的花瓣笑出声来

我沿着流水去远方
经过桃花时
停下来
无尽的悲凉陡然升起

2018 年 3 月 9 日

那条路……

那条路，沿着山谷前行
穿过疏林
通往你的家

那是一条美好的路
舒展、平缓
在蜿蜒中闪着迷人的光

无数次，沿着它倾听鸟儿的歌声
因为你
内心充满喜悦

因为你，荒草也曾掩埋
但我的心
时时，还会走在上面

就像此刻，阳光鲜嫩
花儿开在两边。我的心
又一次满含悲伤，走在上面……

2018 年 3 月 14 日

宾　馆

喜欢这自由的空气，和
喧闹中的宁静。

喜欢穿过窗帘的阳光，和
床单一样干净。

喜欢白色浴巾，也喜欢精美的烟灰缸
不染一尘。

喜欢低头看得见外面匆忙的人群，
却听不见声音。

总有那么多人，在我眼皮底下经过，
好像消失在了另一个世界。

我也看得见自己，大步走在人行道上，
他流过的汗水，我已经冲洗干净。

2018 年 3 月 15 日

远方来信

我还在等你的来信。
三十年了，我的地址没有改变，
即使远足，我也央求邻居，
如果有人喊："某某，你的信！"
她就会跑过去说："终于等来了，这可怜的人！"

三十年城市已经改头换面，
邮差也已经老去，
只有我还在等你的来信。
有些邮差劝我："别等了，不会再来了！"
可我深信，那封信已经起程。

我也已经老了，可等待的心一直未老。
每天沿着村子的街巷出去，
到村口的大树下张望，
抬眼，你走过的大路还是那么痴情。

世事总在变化，可你说过你会写信。
我不相信生活，但我相信你。
我相信你已经写了厚厚的信，交予邮差。
我相信，某一天，总会有人喊："某某，你的信！"

啊，那是多么美妙的时刻啊！
空气中一定飘满了槐花甜蜜的气息……

2018 年 3 月 16 日

鸟 鸣

鸟儿也有悲伤的时候，小小的心脏布满裂纹。但它们
不会把悲伤说出来。

风知道它的悲伤，风会变得轻柔；树枝知道它的悲伤，
树枝会轻轻弯下来。

不远处的另一只，也知道；但它只能静静待在一旁，
不哭，也不尖叫。

热爱自由的鸟儿，只会把内心的惊喜和爱说出来。
它说的你并不能听懂，但你能感知幸福轻轻的敲击。

在我的窗外，有许多树木，它们都是鸟儿的乐园。
每个早晨，我熟知它们的叫声，也被它们深深吸引。

有时候，我会在夜色里醒来，静静等候它们的第一声鸣叫。
但更多的时候，我穿过它们的歌唱，像穿过一场光芒的疏雨。

2018 年 3 月 29 日

早 春

春天已经来了，但寒冷还没有退去。
早晨的阳光中，我把母亲从楼上背下来，
安放到花园边的靠背椅上，
再用那把古老的桃花木梳子，梳理母亲稀疏的头发，
年幼的儿子，就在我们身边，和花园里的蚂蚁说着话。

我赞叹母亲即使头发白了，仍然是如此好看，
母亲就呵呵笑着，脸颊沁出淡淡的羞涩。
我悄悄问她，我爸是如何俘获了你少女的心？
她就笑着用枯瘦的手轻轻打我。
那一刻，病了多年的母亲是那么好看！

有时，看到母亲的白发落在地上，我的心就有深深的刺痛，
但我忍着。我弯腰捡起那些掉落的白发，团握在手里，
犹如握着一团炽热的阳光。
而阳光中，母亲深情望着我，我就刻意顽皮，逗她发笑。

早晨的阳光中，母亲不会提起有关病痛的话题，
她忍着。她只是深情注视着我，不时笑出声来。
而我们身边，我年幼的儿子，正在和花园里晒太阳的蚂蚁说着话。
此刻，只有他是幸福的，不用忍着什么。

2018 年 2 月 28 日

春 天

我一直以为那些小草已经枯死

可在这个初春的早晨

在田野

我看到它枯萎的根部探出了嫩芽

像一粒小小的光

像一个惊喜

我突然有点难过

仿佛被拯救

我抬头看了看远方

天空的乌云

已经裂开

耀眼的光芒正从云隙射下来

一只鸟

正在光芒中，展翅

向远方飞去……

2019 年 2 月 12 日

黄昏，读一则童话

黄昏，读一则童话：
一个小女孩，在黄昏的落日中等她的爸爸
而她的爸爸，已经不在人间

她一直在等。
落日，一直在下沉。
我的心，也一直在下沉。

我也是父亲，我的女儿也正在长大
那一刻，我是如此伤心！

只有我知道，父亲不会再回来了。
而每个黄昏，女儿还是去老地方等
那一刻，我是如此伤心！

我的女儿也在长大
她不知道我经历的这个黄昏
我不想让她知道
我正在为她经历一次伤心的落日

我也不想让她知道
当那个小女孩牵着另一半的手
出现在多年后的落日中
我落下的那一滴泪，也是为她的

2017 年 1 月 23 日

油橄榄

更多的油橄榄不是庄稼。
它们被删掉修长的枝条，长在公园里。
更多的油橄榄，是一种屈从。
有时候，你眼里的风景，也许
只是一株树木无法成为庄稼的隐痛。

2017 年 1 月 27 日

登　山

爬到山顶，就坐下来
看看那个还在半路上的自己
他的坚持多么不易！

剩下的路还很长
但没有人能帮得了他
向上的路和他好像两块互不认输的石头
倒下之前，咬紧牙关对他们都很重要

到了山顶，就放眼看一看远处的风光
劫波渡尽赢得相逢一笑
高处风劲，但那毕竟是离天最近的地方

2017 年 2 月 10 日

担　心

晨风中记下一首诗的题目
沙发上又把它忘记

现在，我只担心窗外正在孵蛋的那只斑鸠
因为惊吓飞走
风中只剩下孤零零的两枚蛋：苍白。有点发暗。

已经等了一个下午了，它还没有飞回来
寒风中，我听到孤零零的两枚蛋在喊妈妈

2017 年 2 月 12 日

丁酉正月十九深夜，听友人酒后打呼噜

我们都是胸有块垒的人
死去，还会活过来

前路上有断崖
前路上也有海啸
但我们的内心，也有苦难的研磨机
听吧，这山呼海啸
这死去活来，无异于一场艰难的战事

但我们总会平安归来，总会
在梦中笑出声
似乎，我们的内心都藏着一个快乐的孩子
而生活，总想把他杀死

坚持着把梦做完多么不易！
今夜，听你高歌，就像听我自己
昨夜的酒让你如此酣畅淋漓
真想不通，一个不喝酒的人
我们又该如何和他相处

2017 年 2 月 17 日

村　口

眺望的地方，也是送行的地方
冬天把春天等回来
又把它送走了

身后的路空阔，像一个人的心
野草在路旁疯长
它比火焰更加撩人

眼前的路愁肠百转，但连着远方
远方有什么？
浮云好看，或许都是漂浮的泪水

一个人要走了
满坡的山杏就都忍着花朵
风忽然吹过来，那棵歪脖树，好像要断了

2017 年 2 月 17 日

想　法

多么好啊
这些树木
这些野草
这都是大地的想法

多么好啊
这些叶子
这些花朵
这都是草木的想法

多么好啊
天寒不要伤了根须
春来就要开出花朵
这都是我的想法

热爱世上的每一天
热爱遇见
热爱四季轮回
这想法
多么好啊！

2017 年 2 月 18 日

春 天

那么多花要开了，谁也没有办法阻止。

对于冬天从未畏惧，但守口如瓶的日子到了尽头。

好多花朵在早晨绽放，也有一些在深夜

有什么办法呢，万物都有破绽，时间会把它孵化得更加鲜艳！

2017 年 3 月 21 日

清　明

等花开。
等远方的人来。

等春风的小路
攀上枯树的高枝

亲人啊
春风绿处
你把这不舍的人间
又想了一遍

2017 年 4 月 1 日

与花匠谈花

花草知人疼爱
会长出恩遇的叶子

树木背井离乡
终会死于思念

新枝不发恶主
含苞多为善念

真心爱了
就不再说出

人看草木多秋意
草木看人，亦如是！

2017 年 4 月 17 日

鸢尾花

喜欢在下雨的早晨遇见你。
遇见你豹纹深处的蛰伏与涌动。

喜欢在经过的路边和你擦肩。
你钟情的深紫里有漫漶的晨光，
也有昨夜摇晃的床笫。

你是一滴净水的无数种可能。
也是公园幽僻处静坐的一缕清风。

除非，是有人真心要把你带走。
三月有许多花朵开放，我却只是爱你。

2017 年 4 月 18 日

野山鸡

白龙江边，野山鸡用它华美的羽毛看我
整个早晨就都快要成了灰烬。

因为眼睛里一眼望不到边的野性
和心上，对于人的怀疑
它绚丽的每一支羽毛，都喊出了迷人的意趣。

我止住脚步，深深，吸了一口气。
美原本是要人窒息？当我禁不住靠近
它却倏然飞去，像五月草丛里隐秘的播火者！

2017 年 4 月 18 日

风雨约等于零

风雨可以预知，却无法回避。
此刻，胯下负重的三轮车像他的命。
头顶的风雨更像。

风雨中，他努力向前的脖子使他显得狰狞。
他甚至腾不出手来去抹一把脸上纵横的雨水。

皱纹已经取代了年龄。
白发取代了性别。
但和内心的寒凉相比，此刻的风雨约等于零。

2017 年 5 月 2 日

命　运

命运中遇见断崖，伤口里埋下闪电。
我忍不住破碎，却忍得住时间的修复与焊接：
碎裂得越是彻底，缝合得才更加灿烂！

2017 年 5 月 2 日

清明，山坡上的桃杏花开了

桃花开了
杏花也开了
粉色的花连成片，好像一场思念的雪
落在山坡上

总会有人渐行渐远不再回来
消失在时间中
桃杏花，年年，都会把他们逐个想上一遍

今年，那一直没有人来祭奠的几个坟堆
桃杏花开得格外灿烂

2019 年 3 月 19 日

红尾鸲

春天，再一次在她的体内醒来。

春天也会走远。
她的歌声中有着越来越重的忧伤。
在她看不见的地方，
我坐下来。

我也有春天说不出的忧伤，
躲在看不见的地方。

2019 年 4 月 12 日

重要的事

买菜。择菜。洗菜
与之相比，似乎没有什么是大事

洗锅。洗碗。拖地
如果爱了，它就是一件美好的事

如果还有重要的事
那就是当我躺在沙发上慢慢睡去
手中的书本掉落了
而我，并没有被惊醒

2019 年 4 月 12 日

出 发

幻美的火焰在湖水中渐渐熄灭

宁静还给星辰

大地安静了，就出发

让争吵了一天的人们拥有一个美好的夜晚吧

报以最大的宽容

原谅，并爱他们低伏到尘土里的身影

2019 年 4 月 13 日

樱 花

它有满树粉色的花朵，都在阳光中盛开。
空气也很香甜。
阳光从她们身边轻轻推过来，好像
满树的樱花，也在赶赴一场集体的婚礼。

2019 年 4 月 14 日

春 天

掐槐树芽的女孩子，一直在林子的那边说笑。
叽叽咕咕的声音，像几只拱动的土拨鼠。

空气香甜。
我甚至忘记了头顶高枝上歌唱的红尾鸲，
忘记了
它小小的红色身躯
像一颗怦怦跳动的心脏。

阳光中，我只是跟随几只幸福的土拨鼠，不停
向着远处的山坡拱去。

2019 年 4 月 14 日

正 午

林子的那边，掐槐树芽的女人们的声音
听不见了，我还在树下坐着。
像一场梦，恍然醒过来。
正午温热的空气中充满了枯草的味道。
我起身离开时，山顶上的天空
蓝得像一面将要溢出来的湖水。

2019 年 4 月 14 日

傍　晚

已是牛羊回圈的时候，村子里仍是一片寂静。

小院似乎比我更沉陷于一种回忆。

花在静静开放。

阳光正从屋顶撤回它金色的裙裾。

两只蓝矶鸫，从场边飞过来，落在邻居的屋脊上鸣叫。

我静静坐着，感觉还是多年前，

亲人们，从夜色中走来，依次点亮每一个屋子的灯盏……

2019 年 4 月 22 日

正午的斑鸠

一只斑鸠在院子里的樱花树上叫，
另一只，就在楼顶的不锈钢栏杆上不停磕头。
一忽儿，它们飞到空中纠缠，一忽儿，又飞到了花树上。

农历四月，村子里依旧一片寂静。
天空蓝得仿佛整个世界都是蓝色的。
仿佛蓝色的人世上只有两只斑鸠在不停说着什么。
它们嬉闹，粉嫩的花瓣就簌簌落下来。

2019 年 4 月 22 日

落花的下午

非常美好的下午：
陪妻子走在风中，一任雪白的槐花
落满头顶。

槐花也会落在她的脸上，
我就轻轻取下来。
她脸上的皱纹，细密而好看。

想起年轻
犹在昨日。
风，似乎就更大了。

2019 年 5 月 1 日

村 庄

风，总是有点大。
转过弯，我看到几个老人闭着眼睛靠在墙脚，
仿佛，也是颓圮的老墙的一部分。
这情景，和多年前一样。

2019 年 5 月 1 日

路　遇

　　轻柔的风中，年轻的母亲推着童车漫步。

　　童车里的孩子，笑着

　　向我挥手。

　　多么好啊！

　　尽管，他还不能说出美好，

　　但他已经让这个坚硬的世界变得格外柔软。

2019 年 5 月 1 日

落　花

老院子里全是落花，但还是有那么几朵，
刚刚开放，
好像是在等我。

我辜负了太多好时光，但花朵
没有辜负。
我把所有的落花
扫起来，
轻轻捧在手心，像捧着那些
渐渐走远的好时光。

2019 年 5 月 1 日

吉　日

村庄里，鞭炮声不断，
庆贺辛苦的人们修房造舍。
只有炮声惊起的鸟儿，在天空散乱地飞着，
像另一群辛苦的人。

2019 年 5 月 3 日

下　午

斑鸠在屋脊上叫着，
身边都是那些快要开败的花。
我久久坐着，风在我们之间来来去去，仿佛
热心的邻居大妈，一边帮我收拾卫生，
一边，为我抹泪回忆父母在世时的陈年往事。

2019 年 5 月 3 日

蓝矶鸫

在牡丹花旁静坐的这个下午，
蓝矶鸫已经飞回来三次。
它的叫声还是和之前一样，有一座幽静的村庄和山谷。
它飞出去，又飞回来，好像在告诉那些去世了的人：
那个伤心的人，又回来了。
我听懂了的，牡丹也听懂了，
它的花瓣就在风中簌簌落了下来……

2019 年 5 月 3 日

昭化古城遇寿带鸟

盯住一块风雨磨平的石板，杀伐之声，
就会从深处传来，马蹄如风，刀戈叮当。

再看，烽烟散尽，有鸟生成，
尾羽修长，其名寿带。

我从秦地来，风中嗅到前生。
寿带鸟忽前忽后，一路跟随。

昭化古城东门名曰"瞻凤楼"，夜静时分，
每一块墙砖内都能听到鸟的鸣叫，夜夜不休。

是日，登楼远眺，群峰涌动，江水盘桓，
风，正吹送一朵浮云，飘往大秦的故乡。

2019 年 5 月 23 日

水磨坊

流水，还会穿过它
风，也会
只是绿苔，已经长满了磨轮

流水，还会去很远的地方
风，也会
只有水磨坊，哪里
也不去

静静的山谷里，它是自己的天堂，更是
自己的
远方

2019 年 2 月 15 日

采摘园里的草莓

这些坑坑洼洼的红，一出生
就是甜的。
它们没有别的味道。

它们来自恒定的温度
和湿度。来自同一种药品的说教和引导。

它们不知道苦、咸、酸、麻、辣，
只知道甜。

不知道有野外。
不知道有风、霜、雨、雪、雷电和料峭的春寒。

也不知道人间还有别的草莓。

2019 年 2 月 20 日

夏日篇

你眼里的艾蒿也许不是真艾

一条槐花披拂的小路

一条槐花披拂的小路，
因为僻远，
所以幽静。

五月的早上，我只身前往。
红嘴蓝鹊和野画眉，
总是比我更早。

到了中午，蜜蜂占据整座槐树林。
勤劳的小精灵，好像
把一条芳香的河流搬到了树上。

五月很快就会过去，
太阳落山，我还会去槐树下散步。

如果累了，就席地在花香中；
如果渴了饿了，就伸手将一把槐花。

如果不是这条路，
即使五月，也不是香甜的。

2017 年 5 月 26 日

你眼里的艾蒿也许不是真艾

艾蒿长在野草中，并不十分好辨认
如果不是亲自去拔
我真不知道有那么多野草都和它相似

水蒿。火绒蒿。铁蒿。甚至茵陈，荨麻草。
但艾蒿就是艾蒿，拔过你才能知道。

我曾数次把水蒿拔在手里，
田里劳作的老人就笑我。

他在野草中给我指认艾蒿：
"叶子较圆，有白色的背光。再闻一下，
嗯，就是这种带有苦味的艾香！"

我终于在野草中，找到了艾蒿。
而早晨的露水，已经打湿了我的衣裤。

但我并不能，用文字
把艾蒿从那些野草中分离出来。

我提着拔好的艾蒿回家，路边的老人又告诉我：
只有沾了端午露水的艾蒿，才是真的艾蒿
而我拔回来的，也许只是一把野草

2015 年 5 月 27 日

下午时光

风吹着叶子。
风，又吹着叶子。

阳光开始撤离。
从小院的西边
渐渐挪向东边。

从地面泛起来的热，
也在渐渐散去。

时间，多么可爱！
它静静地，不出声。

只有蚂蚁是忙碌的
它偶尔爬过阴影。
但阳光的热，
会让它迅即折返回来。

多么可爱的蚂蚁，
整个下午，
它们都在忙忙碌碌地
陪我。

2015 年 5 月 27 日

水　果

水果相对于庄稼和蔬菜而存在。
有吹弹可破的肌肤，甜蜜而饱满的肉体，也有一颗固执的心。

水果成熟即是睡醒。
仿佛翻个身，那些从梦中掉出来的，都叫露珠。

美丽的夏天从一粒水果开始。
早晨我提着篮子出门，晚上就收回满满的酸涩：

那一吻即落的一粒是眼泪
那一吻即燃的一粒，叫落日。

2017 年 5 月 31 日

草　莓

五月的草莓是一种幻觉。
如果过于红艳、肥硕，它就是一个魅惑的夜，
来自欲望的温棚；如果瘦小、胆怯，脸上布满雀斑，
它就是一面山坡，来自飞鸟的故乡。

好吃的东西总是令人怀疑。
魅夜里，雪白的牙齿切入草莓软腻的肉体，无声的尖叫
就像哭泣的红酒，从霓虹灯伤口一样的眼眶缓缓溢出。

整个城市似乎都在复制一种回忆。
复制它大海一样起伏的天空，星空一样旋转的记忆密室，
但它们总是因为失败而颓丧。

美好并不全是甜蜜，有时是一种蚀骨的冷
或者不停刮在命运中的风沙，
比如草莓。

2017 年 5 月 31 日

杏 子

杏子的甜，藏在酸中。
杏子的金黄，藏在青涩中。
遇见青杏，就遇见了杏子的童年。

杏子总在成长的路上。
让人皱眉头，不是杏子的本意。
杏子的初心，是要给你甜。

好多杏子都无法如愿长大。
酸涩就像是杏子逃不脱的命运。
说起杏子，先要吞咽一口酸水，
好像杏子的名字，也是酸的。

但总有杏子，会等到麦子成熟。
那一夜柔黄的灯光，就像杏子的嫁妆。
她甜蜜的肉体里，有一个金色的天堂。

2017 年 6 月 1 日

丁酉端午寄商略

端午了，礼县的沙枣花开了。

沙枣花夹在书页里，隔得再久，都能闻到香味。

寄给你的沙枣花，是一个美丽的姑娘亲手折下
夹在书中
她一定要我亲口告诉你。

兰州烟只有甘肃有，品质恒定，适合思考时点燃。

你是一个安静的人，任何美好
抵达你的门口
都是我来看你。

除了读书、写诗，你仅有的爱好就是抽烟。
我不抽烟，因为你抽着，就是我在抽。

2017 年 6 月 6 日

鸟 声

杜鹃叫了好久了，它还会继续叫下去。
这种痴傻的鸟，简直要把自己叫死。

蓝矶鸫正在房屋的孔洞中筑巢，一雌一雄，守在巢穴附近
像两道黑紫色的闪电。

燕子已经在育雏，它们从空中叼来虫子，
又从巢穴中叼走孩子的粪便。

北红尾鸲有着好看的毛色，
它的另一个名字叫"火燕"。

斑鸠今年没有来樱花树上筑巢，
它超强的繁殖能力让人咋舌。

鹡鸰鸟一般都在水边
但也来村庄的屋脊上放歌。

金翅雀、灰椋鸟、红嘴蓝鹊，有时会飞越村庄的上空
它们的领地在村外山坡上的树林边缘。

鹌鹑、鹧鸪、马鸡、雉（有时也叫"呱啦鸡"），
它们不会从山坡上飞下来，但叫声会传遍整个村庄。

麻雀无须介绍。一度，它们去了城市，但不久，又回来了。

回来了的麻雀，比之前脏了。

村外的麦子快熟了，现在一天一个样子。
有人对"金色的麦浪"产生怀疑，其实，成熟了的麦子，就像干净
　的黄土。

麦子熟了，鸟儿们就都飞来了。
它们是村庄的另一批居民，在用自己的歌声，赞美村庄。

2017 年 6 月 8 日

聆 听

黑夜里，那些住在青铜里的鸽子
突然飞起

只有火堆，是一条出路
它静静等着
不说话

2017 年 6 月 9 日

下雨天

满世界都是一种潮湿的声音
好像整个世界，都在长出根须

所有的雨水都只有一个方向
所有的雨水
用自己的声音，把我暴露在无边的孤单中

2017 年 6 月 9 日

小 寐

城门洞开的大脑里，一架钟表
正在融化。

风雨磨蚀的耳朵深处，一条狭小的街巷
渐渐凸显：

一个戴草帽的男子，提着竹笼，沿街
喊叫"量樱桃——，量樱桃——"①，声音仿佛来自久远的古代。

一只麻雀从时间深处飞来，落在我的额头。
它围着我的眼眶窥探，又不时啄几下，像啄一截枯朽的木头。

空空的声音里，城门一直开着。城门上的岗楼
也开着。

时间和弯曲的女墙一起融化，一起
看着一只麻雀，蹦蹦跳跳，朝时间深处飞去……

2017 年 6 月 10 日

---

① 很早以前，农村卖樱桃不用秤，而是用小茶盅量，一茶盅多少钱，或者一个
鸡蛋几茶盅，所以把卖樱桃叫量樱桃。属于古老的交易方式。

静 坐

又一次，在水边坐下来，
听水流的声音，也听微风。

我静静听：血液流经心脏
又在大脑里分出枝杈；

我静静听：呼吸穿过肺叶
推动体内的门窗。

我甚至被这声音，吓了一跳。

何其相似啊，血流和水流！
何其相似啊，风声和呼吸！

我甚至听到了深。
听到了远。

我听到怦怦的心跳，仿佛听到
一个久被遗忘的世界。

这个夜晚，我也听到泪水
流经身体，轻轻，落向人间。

2017 年 6 月 10 日

一束阳光

在婴儿澄澈的眼睛里，一束阳光，穿过
房屋的破洞，落在墙壁上。
阳光穿过破洞，就像获得新生。

阳光在墙壁上慢慢移动，像另一个婴儿
行走在斑斓的烟火中；
倾斜的光柱中，浮尘轻盈，也像。

一个早上，好奇的婴儿盯着墙壁上缓缓移动的光斑
和光柱中飞翔的浮尘，咿咿呀呀
他们，好像在共同使用神的语言。

那一年，家徒四壁，我却降生，不时
就会有笑声穿过烂房子的破洞。那一年
穿过房屋破洞的笑声，像另一束阳光。

2017 年 6 月 10 日

丁酉陪考：与寂静书

六月六日二十三点三十分

早早，我就守在电脑旁
找寻可供参考的作文资料
我希望我所做的，对你
都是有用的

我强调如何审阅材料
如何逆向思维
如何在语言中环环相扣路转峰回
这也许都是过时的经验
可我唯恐又错过什么

明天就要考了，说好早睡
却又觉着我想的一切都有被考的嫌疑
是的，我又想起了一句话
早餐时一定要告诉你！

六月七日九点四十八分

我在乡下老院子里坐着
此刻，除了鸟声，一片安静。

我不知道考场之内，你正面临什么样的问题

但我的心，和你一样：
有点紧张，又有点莫名的不安。

一路过来，沿途都是送考生的父母，
我尽量放松心情，却仍然显得紧张。

我说过人生会有许多考，要轻松面对。
但此刻，我的心弦已然绷紧。

头顶鸟声寂寂，身后钟声嘀嗒
仿佛，逝去了的亲人，也都在看着我。

六月七日十六点四十八分

我在人群中找你，心里惴惴不安。

我在怕什么？或许，什么也不怕。
只是有些不安。

远远地，你向我挥手。
三年前，你的哥哥也在人群中向我这样挥手。

我很高兴你的情绪稳定，午饭也吃得好。
只是你睡着后，淘气的小狗叫了几声。
这不懂事的小东西！

好在一切都如想象中一样顺利。
此刻，暴雨又至，我祈求雷声小点，不要打扰了你的考试。

六月八日零点三十八分

错过了下午接你的时间，却没有错过
那场突兀的暴雨。

见到你时，雨已经停了，
但你的头一直低着。

那一刻，我明白了。

陪你走着，我刻意不去碰触
那个让人懊丧的话题。

其实，我的心里，也是非常难过。
但我一定要有一个轻松的样子。

我说桌上的水果分外饱满。
说晚餐有你喜欢的青笋炒山药。

……我也有魂不守舍的时刻。
但我一定要有一个轻松的样子！

感谢小狗，陪你度过了
那一夕的失落。

此刻，你已进入梦乡
可我却，难以入睡。

我觉着，今夜是那么漫长
窗口吹进来的风，甚至，有些寒凉

六月八日十点四十分

你在教室里答题
我在乡下的老院子里听鸟叫
阳光穿过云层
照在大地上

美好的一天
我们必将铭记！

村庄的麦子快要熟了
时时突袭的暴雨
让村庄的心整日都悬着

回头一想，村庄多么好啊！
庄稼长得感动
群鸟叫得深情
如果那些走远了的亲人
再次返回村庄
这和我们梦想的生活毫无二致

过了今天，生活会有什么异同吗？
昨夜的雨
让今天的树木格外迷人

六月八日十五点三十五分

时间，有了煎熬的味道。

天近中午，云破日出。
这夏日的阳光分外灼人。

我不期待奇迹，或一切超常
只希望没有意外。

两天的阳光，楼顶上腌渍的青笋已快晒干，
阳光置换了它体内的水分。

……再过一个小时，你将彻底解脱煎熬
我期待那一刻，胜过期待一切好消息。

六月八日二十一点四十五分

说好了，不看答案
不估分
晚饭过后，你就翻检自己的好衣服
不再让自己看上去还是一个学生

没有你们，这个夜晚突然空荡
甚至辽阔
我也有了沉沉的睡意

2017 年 6 月 8 日

吹 埙

是一支火焰，想念那些古旧的草木：
白茅、葛藤、黍离、荆棘、束薪、柏枝、甘棠、梧桐……

是一把塘泥，在掩埋宿命的落日：
知我者谓我心忧，不知者谓我何求。

沿着风声，河水一直往回流：村烟、茅舍、田畴
日之夕矣，羊牛下来
暮色呼啦啦卷起，洒出几粒鸟鸣

渭水边，吹一吹塘泥被时间掏空了的心
暮色中，爱过的事物就开始低泣。

2017 年 6 月 17 日

唢　呐

在闪光的黄铜里，修一条弯弯曲曲的山路
用来哭，用来笑

黄铜闪光，是埋人的一抔黄土在闪光
黄铜闪光，是照人的一盏灯烛在闪光

黄铜里，日子艰难
但大家抬着，摇摇晃晃也就过来了

摇摇晃晃的，还有一具棺木，一抬花轿
黄铜里，它们闪着同样的光

2017 年 6 月 20 日

县际班车

县际班车经过村口，没有停下来
它摇摇晃晃，又向下一个村子开去
望着它远去的影子
我的内心又腾起深深的失落

无数次，县际班车停在我的村口
陈旧的车门"啪嗒"打开
她就会微笑着从车门中走下来
那白色的连衣裙是那么好看！

可爱的司机大叔会微笑着和她告别
车上的人会把脸贴在窗玻璃上注视我们
调皮的小伙则会吹起口哨

那一刻，我的心里满满的全是甜蜜
我们微笑着目送班车远去
又牵手走进村子……

……已经好多年了，县际班车时有时无
我心爱的人儿也已去了很远的地方
但我还是在村口等着

我等着县际班车摇摇晃晃开过来
又摇摇晃晃远去
但我相信，总有一天

它会和过去一样停下来

车门"啪嗒"打开

白色的连衣裙被风轻轻吹起……

2017 年 6 月 20 日

郎木寺镇

郎木寺是一个小镇，而不是
一座寺院。

郎木寺的寺院金顶，都落黑色的红嘴鸦，
但都不是郎木寺。

早起的郎木寺，山顶上桑烟袅袅。
在这里，死亡不是结束。

暮晚的红石崖，和对面的寺院一个颜色，
这是灵魂的盛装呈现。

山顶上，藏人们转塔，不言不语。
山谷里，白龙江水宽不足两米，也流得一往无前。

郎木寺，所有的金顶都金光灿灿，
但白龙江水，从不为它慢下来。

在郎木寺，神人共处，相安无事。
或桑烟袅袅，或鸦鸣声声。

2019 年 6 月 10 日

河曲马

从若尔盖，到松潘，沿路
都会看见河曲马：骨骼伟岸，鬃毛低垂。

从突降的暴雨中，到乍泄的阳光下，
河曲马，都有让人心动的安静。

和庞大的牦牛邻居不同，每一匹河曲马，
眼里，都有一个黑云翻滚的远方，
也有一座，闪光的金顶。

和它在草原相遇，互换眼神，
我们就带走了，各自的前世今生。

2019 年 6 月 10 日

过若尔盖草原

鹰，是天空的孩子，在白云的巢穴做梦，
也在路边的木桩上发呆。

牦牛，是青草喂养的经文，
散落在河谷里。

草原的辽阔，足以容下一只鹰，
又一只鹰。
也容得下风读出禅心。

从若尔盖，去郎木寺的路上，
我一次次停车，等成群的牦牛经过。

在那些回过头来注视我的，小牦牛的眼睛深处，
神，也有一双好奇的眼睛。

2019 年 6 月 9 日

天葬台上

空旷的人世上，刀子，
在舞蹈。

在和雨滴，弹奏离别。

静谧的空气中，
有隐秘的缝隙：兀鹰
侧身出入。

这最后的布施，请欣然接受！

桑烟散处，大地干净，鲜花
盛开。

2019 年 6 月 9 日

雨 后

云朵，退到天边，让出了草原。

探出头来
轻嗅毛莨花的草原鼠，
机警地反身回穴。
花瓣上那粒晶莹的露珠，
就掉了下来。

更多的露珠，轻伏在
花瓣上。
它们的内心，都有一扇鹰翅，
在盘旋。

不远处，鬃毛披垂的河曲马抖了抖身子，雨珠
四散，
而成彩虹。

2019 年 6 月 25 日

碎 片

在郎木寺，我眼里的乌鸦
是金色的碎片
被风吹散，又被时间聚拢

在郎木寺，我眼里的自己
是自己的碎片
被遇见吹散，又被想念聚拢

一路走，一路放弃
无用的东西
让我成为罪孽的碎片，又被宽宥聚拢

2019 年 6 月 26 日

草　原

经历降雨，也经历日出，
每一条彩虹，都崭新如梦。

鼠兔穿过马路时，
鹰，正在云隙盘旋。

牛羊在远处，
云朵的影子也在远处。

有人骑着摩托追赶跑远的马匹，
有人骑马走向帐篷。

我停车给过路的牦牛让路，
彩虹的另一边，河曲马正回过头来看我。

它眼里的越野车，像一只巨大的甲壳虫，
正努力翻过彩虹。

2019 年 6 月 28 日

夏天的记忆

父亲抱回的大西瓜，放在正屋的方桌下，
整个下午，我都瞅着它青翠的绿色咽口水。

这是漫长夏日最美好的时光，
等天黑，一家人都回来了，
父亲在院子里摆上小方桌，然后，用刀切开它：
鲜红的沙瓤，乌黑的瓜子，像一个清凉的星空。

美好的夏日周而复始。
有时，我是一把忧伤的小刀，
更多的时候，我是一颗怀抱星空的大西瓜，
等父亲，把我抱回家……

2019 年 6 月 21 日

寂寂无人

熟透了的杏子，会在风中掉下来，
有些东西会被洞穿，
有些，会被唤醒。
一枚杏子，在掉落中开始变酸。

等到有人攀树，摘取青涩的果子，
就等来了甜蜜，
可它只能等来喜鹊，等来松鼠，
甚至，只能等来风。

熟透了的杏子在树上变甜变软，
在风中掉落，
树下的那扇门，已经锁了好多年。

2019 年 7 月 5 日

寺阁山顶

鸟在天空掘井，花在风中张灯。

小勺的阳光，大勺的蓝，
风要轻、要细、要匀，
才能涂抹一朵野花的心跳。

蝴蝶鲜衣怒马，是游走在山坡上的美学郎中，
它从树叶的背面
爬上来，用果实
修补梦想。

雾散时，我看到马先蒿，
还在草丛拍手。
它的粉色喇叭裙
和白色长筒丝袜，让她
永远像个孩子。

而鸟，一直在天空掘井。

2019 年 7 月 5 日

夜登寺阁山

穿过黑夜的车，类似一只
发光的甲壳虫。从城市的灯火中
游离出来，抵达寂静的山顶：
群峰涌动，坡草明灭。

满天的星星聚拢过来，
真是让人感动的久别重逢。
那一刻，靠在我身边的人，
一夜，也许就是一生。

2019 年 7 月 6 日

稻草人

村庄只剩下了稻草人，一村的狗都成了流浪狗。
有些狗认命，流浪去了远方，更多的狗
却留下来，把稻草人当主人。
村头的荒地里，菊花家的阿黄又生了一窝小狗，
每次找食回来，它都会朝着稻草人摇摇尾巴，
好像告诉主人，我回来了。

2019 年 7 月 11 日

天亮了

鸡叫一遍天不会亮。鸡叫两遍天也不会亮。
鸡叫三遍，东方就有了光。
不在黑夜中行走，就不知道天是从哪里亮的。

天亮，就有光芒的触角从门窗缝里伸进来。
光芒进屋，如人远行归来，身上会有薄夜，也会有风霜。
没有一座四处漏风的屋子，就不知道天是如何亮的。

天亮了，一座漏风漏雨的屋子，也就成了一座存放阳光的屋子。
在它交叉的光柱里，有一个神奇世界，
只有穷人的孩子才知道。

2019 年 7 月 30 日

想写一封信

想写一封信，像多年前一样，
写进雨声、鸟鸣，写进半夜的心跳和梦中的笑声，
铺开纸，却只写下了一盏孤灯。
灯光摇晃，纸上的事物就一片凌乱，
我甚至不能按住一缕清风所裹藏的虫吟，
只能把它团起来丢在风中。
我一次次写，一次次团起来丢弃，
好像被风吹动的，都是我惴惴不安的心。

2019 年 8 月 1 日

唇上痣

痣在眉心，是枝头月；痣在唇上，是道旁泉。

痣，也可以在胸口，在脖颈，在腰间，在你大腿的内侧，
但这些都和我没有关系。

我爱过的女孩有一颗栗色的痣，在她迷人的唇边。
我一次次俯身汲饮，像月光湿了我的衣衫。

我在人间走丢，月亮就在天上呼唤，
月亮也是一颗迷人的痣，闪光在天空的唇边。

2018 年 5 月 12 日

槐花开了

槐花开了，它在轻柔地提醒：
回忆是白色的，
芳香也是。

槐树何其深情！
整个五月，它只干一件事：
把内心的爱，
说出来。

整个五月，我都在槐树林里徘徊，
内心充满了愧疚。
和它相比，
我的一生是何等失败！

2018 年 5 月 13 日

小 路

沿着山谷，小路在寻找自己的出口
遇见潭水，会停下来
遇见悬崖，会久久张望
而更多的时候，往事的青草会让它迷失

一条小路，总和俗世有着相反的方向
流水在寻找大海
而它，在寻找天空
以及天空的流云、明月
甚至静夜里的星空、鸟鸣

沿着这条小路，我独自前行
过去的时光，则会一个个从路边闪出来
她有姣好的面容
和充满泪水的大眼睛
好像她一直等在那里，从未离开……

2018 年 5 月 13 日

我，或者敌人

人群中，我挣扎、呼喊，
苦苦找寻，
可我还是一次次，
把自己丢了。

一次次抗争无效后
我选择沉默，
甚至
认同。

在不断的丢失中，
另一个我，渐渐凸显。
它潜藏在我的生命中，
像一个
卧底。

它用时间，
告诉我：
我的敌人
一直都藏在"我"之中！

2018 年 5 月 29 日

注 视

有一只眼睛，
一直在注视着我。

虚无里，
寂静中，
死亡中，
以及被我漠视过的庸常里。
一只眼睛
一直，静静看着我。

它有时遁于无形，
有时，又无处不在；
它有时一言不发，
有时，又入木三分。

它注视着我，
巨大的沉默让我毛发倒竖；
它注视着我，
无边的慈悲又让我羞愧难当！
它来自万物对我的质询，
也来自我的内心。

我若无视，
它便消失。

2018 年 5 月 29 日

眼有疾

石头分身；
道路摇晃；
突然，世界在我眼里就有了裂痕。

迎面而来的不是一个，是一群。
一个给我笑着，
藏在身后的另一个，
则怒目而视。

我恐惧。
恶心。
呕吐。有一种碎裂无法握住！

我努力向这个世界微笑，
这个世界，
却纷乱得更加狰狞。

甚至，我踩下去的每一步，
都是深渊。

我扶得住自己，
却扶不住这个摇晃的世界；
我闭紧双眼，它却旋转得更加离奇。

2018 年 6 月 4 日

恍 惚

微小的事物也有自己的恶势力，
它们联合起来，抗拒高大。

致命的东西往往都藏在暗中，
突然发难，猝不及防。

命运有无数个裂隙，
可以让完整的世界破碎。

光明一分再分，
成为黑暗。

在来中，看到去；
在相聚中，看到失散。

在安稳中，看到摇晃。
我终于在恍惚中，看到了真相。

2018 年 6 月 4 日

听　雨

雨落在水泥地面
和落在瓦沟
截然不同

雨落在楼群
和落在庄稼地里
截然不同

雨落在异乡，和
落在故乡
更是截然不同

昨夜，窗外的一株芭蕉
哭了一宿
甚至号啕

2018 年 6 月 8 日

池　塘

夏夜的池塘，像一个记忆中的小学课堂
老师迟迟不到，孩子们就吵翻了天

突然到来的脚步，或者落入水面的石子
都会被他们当作猝然而至的老师
不久，它们却吵闹得更凶了

星光下，我在池塘边久久坐着
像一个为自由放风的叛徒
静静地，等那些幸福的蝌蚪慢慢睡去

2018 年 6 月 12 日

灯光里的青蛙

青蛙们总要从池塘爬出来，
到马路对面的稻田去。

如果蝌蚪知道，一条车辆如流的马路比它们的一生还要宽阔，
它们还会褪去自由的尾巴吗？

突来的一束灯光切开了夜晚的黑幕，
我看到马路上蹦跳着的青蛙，丝毫没有停下来的意思。

在通往稻田的路上，
大眼睛的青蛙，比任何时候都更像勇士。

2018 年 6 月 12 日

大 雾

大雾弥漫的地方，野山鸡的叫声更加水灵。
这些胆怯、美丽的家伙，只有在雾中，才敢站在路边鸣叫。

可有人一直在提醒我：别去了，大雾深处有猛虎！
我抬头看了看山顶，除了野山鸡的叫声，并不能看到更多。

我继续朝着大雾深处走去，
有时，和野山鸡一样，我的脆弱显得更加固执。

2018 年 6 月 12 日

雨　中

雨落在车窗，像玻璃在哭泣
来时路长，去时路短
转眼，分手的歌声已经唱响

五月，我有万般绝望
只能停车在大路旁
内心有两个声音，一个劝我离开，一个劝我返乡

雨水中，冰冷的钢铁替我承受绝望
它独自启动引擎，疯狂退向来时的方向
隧道、高桥、峡谷、收费站
那么久了，雨中，你依然站在分手的地方……

2018 年 6 月 18 日

活　着

活着，是启动了就再也无法停下的钟摆。

时间是个袖手旁观的人，它总是漠然一声叹息。

2018 年 7 月 3 日

钓

我喜欢此刻的专注，也喜欢此刻的悠闲。
如果流水是我，
我会停下来，
哪怕，仅仅是一个逗留的漩涡。

只有很少的流水，会围着陷阱旋转。
伴随一声尖叫，越出水面，
更多的，则被裹挟远去，没有踪迹。

也有一些尖叫，以沉默的方式表达：
它圆睁双眼，
绝望中，充满了迷恋。

2018 年 7 月 7 日

与水同行

爱昔日的清浅
也爱眼前的宏阔
爱彼时的激越
也爱他日的沉雄

爱独处时的炫亮
也爱群居时无坚不摧的力量
爱沿路走失的亲人在大地消失，又在天空重逢
爱一路接纳的陌路成了不能割舍的亲人

爱绝处的胆魄
也爱走过的弯路
爱爱着时执着的俯身向下
也爱恨着时深刻的冲天而起

爱经过万物轻轻的拥抱和抚摸
也爱遇见召唤就停下来

万物都是寓所
只有爱，是魂魄
一路同行，爱遇见的一切
在更低处，拥抱自己

2018 年 7 月 21 日

大雾散

大雾像一群匆匆赶路的人
爬上山顶
转眼
就不见了

一个早上接一个早上
我坐在崖畔上
看雾升起
又看雾飘散

大雾飘散
一眼望不到边的天空
就好像
什么也不曾出现

一生中，命运也像天空
好多人走着走着
就不见了

2018 年 7 月 24 日

骤雨歇

脆弱的事物都有暴怒的心。

天空高远，给足了每一朵云彩翻滚的机会。

骤雨多似故人心，
落下一场，天就更阔了。

清风明月没有脾气，它静静守着，
骤雨后，几只草虫在墙角拉着家常。

2018 年 7 月 25 日

半夜醒来

半夜醒来，是一片灯光醒来。
是一卷尚未读完的诗卷醒来。
干净，洁白，柔软又略显突兀。

半夜醒来，是一只蛾子陪我一同醒来，
落在诗行间，如同落在
一座孤岛上。月光轻拍礁石
寂静犹如暗香。

爱，是有代价的。我在内心
不停告诉这只不愿飞走的蛾子。
它薄衫轻敛，神情陷入，
巨大的眼珠中一汪微光忽忽闪动。

而夜正深。一只停在诗行间的蛾子
总是任性。它不惧怕，也不飞走，
它的固执，仿佛也在说：
半夜醒来，爱，是有代价的！

2018 年 8 月 5 日

云乍起

习惯了那些高高在上的云朵制造阴影。

习惯了
风轻轻一吹，就散去。

阳光把影子的檄文写满大地，
而流水任其翻滚。

流水来自高空，深知一场雨的套路，
但不说破。

2018 年 8 月 11 日

雨欲来

风中有断魂刀
风中也有无影剑

风中，每一片树叶的背面，都是战场。

乌云累积的地方，轻飘的事物都在逃离
可一个三轮车夫顾不得这些

风中，他扯长脖子用力的样子
让天空显得更低了。

2018 年 8 月 11 日

秋日篇

埋下我的山冈也会
开满金色的花朵

风中的歌者

江水在身后，是流浪的黑夜
灯光在眼前，是塌陷的白天
电贝司一直把头埋在心上
好像一个人
走在无边的原野

打开的琴匣放着零散的纸钞
不去想，被风翻动的面额
是否，更接近怜悯
只是歌声，一直在不停安慰自己

夜色中，只有高大的芭蕉和棕榈是安静的
它们会情不自禁鼓起掌来
风中的行人，比风还要匆忙
很少有人，停下来

除了那个无家可归的流浪汉
即使他无法把自己的感动变成纸钞
但今夜，所有的歌声
仿佛，只是他一个人的盛宴

2017 年 7 月 1 日

大　树

早上，它是日光的
晚上，它是星辰的
白天，它是风雨的

它的根须遍布大地，枝柯
覆盖天空

飞鸟在树枝上歇息
歌唱
我们在树底下做梦、纳凉

我们吃它的果实
飞鸟也吃

我们砍下它粗壮端直的枝干
做房梁
细枝末节用来烧火做饭
更细小的，被喜鹊叼走
去筑它们的巢穴

砍伐它的斧柄
也来自它的枝柯

2017 年 7 月 5 日

大雨过后 （一）

大雨过后，河面突然开阔。

河水裹挟沿岸的枯枝、泥土、碎石、树木、庄稼
甚至房屋
和生命
形成洪流。

很难想象，柔弱的雨水
会推着巨石奔跑
很难想象！

很难相信，雨水中
那些看似已经死去的事物
其实都在假寐！

而雨水突然消失，在低处完成集结
空气中
弥漫着紧张的气息

2017 年 7 月 7 日

大雨过后 （二）

大雨过后，一切
都将成为雨水的一部分；

大雨过后，一切
都将成为死亡的一部分；

大雨过后，一切
都将在假寐中突然苏醒。

雨水，带走沿岸垃圾
也推着坚硬的巨石奔跑。

2017 年 7 月 7 日

星空下

世界，终于归还给了弱小的事物：
更轻的风声
更细小的水流
更胆怯的虫吟和蛙鸣

在更低处的黑暗中
它们尽情发出自己的声音
像另一群星星

我感动于此刻，身陷黑暗
却被照亮。

2017 年 7 月 25 日

那一夜

那一夜，我们去野外看星星
山野的星星很大很亮，仿佛就在头顶
有时候我指给你看
有时候，我们只是静静看着
风吹着身边的野草
好像整个天空都要卷了起来

2017 年 7 月 27 日

青玉米

饥饿剥开了青玉米的衣服
爱情剥开了青春的衣服

只有爱和饥饿
等不得熟透

守玉米的队长比野猪可怕
可满地的玉米还是被偷吃

那一年，年轻的我经过玉米地
满地的青玉米，好像都在喊我的名字

2017 年 7 月 29 日

一只蜘蛛会吐出自己的光明

逆着月光，我看到了蛛网
我不能不赞美
这神奇的构建暴露了一只蜘蛛深邃的思想

和夜晚比起来
一只蜘蛛会吐出自己的光明
此刻月亮很肥美
而蜘蛛并不担心它会逃掉

在一个布满眼线的世界
一只蜘蛛比我更自信
当它向一枚月亮慢慢靠近
也许，我也早已成了猎物，却又浑然不觉

2017 年 8 月 3 日

雨 啊

一个世界正在掉落
一个世界正在漂浮

雨啊，经过半夜重新点亮的烛火
请你轻点
经过村庄和田舍
请你
慢下来

2017 年 8 月 7 日

秋风起

秋风掀起蟋蟀的衣，
亮出金子的心：
锃亮、冰凉。

蟋蟀在赶路。
秋风也在赶路。
他们要去的地方，越来越远。

越来越远，一条凄凉的陌路，
不得不靠着一株野草歇脚，
说着一生。

一生，越说越短
越说越伤心，越说
越疼痛。

像一粒灯火，嵌在秋风中
他亮锃锃的寒凉，
却是如此温暖。

2018 年 9 月 2 日

西　藏

我没去过西藏
但我的好朋友索木东在西藏
他时时会把好看的云朵拍照发过来
那是我喜欢的事物，和寺庙的尖顶一样高
在他发来的照片中，我一次次沉醉
一次次感受一株小草的幸福
深信西藏，就是风把干净的大海吹到头顶的地方

2017 年 8 月 12 日

候机大厅

没有一种理由，可以用来迟到
也没有一种理由，可以拒绝晚点

众鸟翔集之地，人们排队去鸟的腹中
但没有学会安静等候

坐在对面的女孩抠脚趾，身边的孩子大声喧闹
他们的眼里同样没有别人

每一次，爬上天空的心理阴影，要比天空巨大
但无法拒绝

一次次闭上眼睛，把自己毫无办法地交出去
这一次，也是如此

2017 年 8 月 13 日

下午时分

蝴蝶落在院子里，一定是很累了
误把下午的阴凉当泉水
它艰难扇动翅膀，整幢楼房都感到了疲倦
但我不能为它做点什么
甚至不能把桶子里的水捧给它
望着它稍做停留又飞过了楼顶
内心就多了莫名的伤感
其实，在茫茫的城市里想想山坡
我比它还要可怜

2017 年 8 月 13 日

大 海

大海，在呼吸
在它蔚蓝色的梦里
风暴在练习跳水

2017 年 8 月 14 日

我家门前有大海

远方累了
就停在阳台的栏杆上小憩
它是蓝色的
眼里有远征的船队
和鲸群出没

2017 年 8 月 14 日

在大海边和儿子聊天

在大海边
谈论远方的风暴
和浮云
我们都把身子浸泡在海水中

海风吹过来
毛茸茸的
和风暴
浮云
一样让人心生迷恋

我们也谈论我们的村子：磨石咀
但更多的时候，你说
我静静听着
即使你说得很对，我也没有应声

第一次，面朝大海
我觉着
你是那么帅
但我也没有说出来

2017 年 8 月 14 日

听 海

阳台上的竹藤椅
是半截往事的涛声
海风吹过来
不用睁眼
都能想到海浪对沙滩的绝望
但更多的时候
它把身子靠在黑暗中
安静地面对大海
一往情深

2017 年 8 月 15 日

祥　云

登机的路上，儿子指着前方说：
"看，祥云！"
顺着他手指的方向，我看到一朵朵彤云
在天边蒸腾而起
绯红的光，甚至洒满了机场
刹那间，我觉着前途美好幸运降临
而此前，我还一直沉浸在对昨夜风暴的担忧之中
可眨眼一切都发生了转变
似乎那些祥云就藏在儿子的指尖
他只是让我抬头就看到了它

2017 年 8 月 19 日

涨潮了

海是一只卷毛狗
一只羞怯的
白色
卷毛狗
它远远跑过来
嗅嗅我的脚
又警觉地跳开
退回去
有时候，它只是
嗅嗅我的脚
有时，则会扑到我的身上来
它似乎更喜欢
我惊叫后退的样子
整个早上，我们像
两个贪玩的孩子
玩熟了
却要分开

2017 年 8 月 19 日

一枚青芒去海上看日出

她是甜蜜的
却因为苦涩出走

她有金色的果肉
却一直以青果的样子存在

她经历别人无法经历的
开始成熟

大海上，乌云和海浪自行碎裂
一枚青芒，目睹日出

那一刻，汹涌的海水
是甜蜜的

2017 年 8 月 22 日

落 日

疾驰的高铁，把一枚绯红的落日
射进大地
黑暗，就在心上弥散开来

纵是夜晚不能消融隐痛
落日之光，也照亮了忧伤

2017 年 8 月 24 日

别　离

一进入将要就读的城市
她就显得无比兴奋
她甚至迫不及待地和接站的出租车司机攀谈
询问关于这个城市的一切
而她的妈妈，已经开始为别离垂泪
她有些后悔把孩子送到了这么远的地方
可女儿不这么认为
她好像早就属于这个城市
在她的微信中，那些尚未谋面的同学，更是亲如一家
我安慰妻子"孩子永远属于远方"
其实，我的心里也有挥不去的忧伤
可女儿不这么认为
她等不及和我们一起早餐
就去了学校
没有想象中的不舍
没有想象中的相拥而泣
更没有想象中追着列车喊妈妈
当我们告诉她要回去了
她甚至电话都听不完就挂了
在电话的那一端，许多和她一样的孩子
正叽叽喳喳，快乐地谈论着什么

2017 年 8 月 25 日

关于松花江的记忆

阳光照在松花江上时，我正在离开
这是第三次，望着一条江水发呆

如果时光倒流，松花江会被风吹出好看的波纹
第一次和你漫步江边，风把树上的叶子都吹光了
时间，把我们两个相爱的人，暴露在了寒风中

……多少年过去了，我仍记得那场风
吹走了所有的目击证人
把整个世界，还给了我们

昨天晚上，在江边奇幻的灯光
和音乐喷泉优雅的旋律里，我再次陷入回忆
我已经无法想起你离去的缘由
甚至，我已经记不起在江边低廉的旅馆里
我们是如何等到了天明
我却依然记着你不住发抖的身子
和因为天冷而冰凉的嘴唇

再过两个小时，我将离开，不再回来
我也不愿再和人谈及松花江的一切记忆
但那场刺骨的寒风，我将带走
想了，我会让它再刮一次……

2017 年 9 月 3 日

海景房

面海的玻璃浴缸里，
你也是蔚蓝色的。

慵倦的目光深处，
风暴已经止息。

低垂在浴缸外面的半截手臂，
激情全消。

阳光的睡袍，从凌乱的床沿
一直拖向门口。

唯有浴缸边沿的一杯红葡萄酒，像一朵妖冶的火焰，
但你的手，迟迟不去碰它。

远远的海面上，自由的海鸟飞向天空，
又斜冲下来

阳台上，空荡荡的藤编躺椅
还在咸腥的海风中，等海水再次涨潮……

2017 年 9 月 5 日

蟋　蟀

命中注定，我是一个被秋风遣返的富翁
骑黑马，穿斗篷
踩着露水返乡
月光下，那些散与人间的碎银
都是故人

2017 年 9 月 15 日

蝴　蝶

我总是为我遇见的蝴蝶难过。
那么好的日子，转眼
都成了往事。

我遇见过童年、正午、闪电，以及火焰，
它们有不同的纹饰和彩翼。
在一阵阵眩晕和绝望中，
我甚至不忍直视，那比命运还深不可测的斑纹。

我会摇晃，像墙角古旧的秋千；
我也会哽咽，用一条别离的小路捆缚自己。
我学着它们，爱上，又放弃，
一生，把巨大的秋风披在身上。

2017 年 9 月 15 日

饮马沟小调

河水走过的弯路
风，也在走
风把河水吹干了

河谷里走过的驴车
梦里也走过
驴车不在了，铃声还在

一辈子都想走出去
一辈子，又都无怨地留下
风是远方，风也是命

坐上了你的毛驴车就成了你的人
活着，是你心上的石头
死了，是你眼里的沙

说什么雄狮当关鹰回头
说什么西天取经象吸水
那不过是风把时间刻进了石头

2017 年 9 月 16 日

读诗，兼致阿信

诗太好了，会让人绝望。

我无法模仿
渗透到语言中的修养，
也无法，面对大海保持内心的平静：
——你这比大海还要宽广的平静啊！

无数次，我读完一首
就把书合上。
我不能让一首优美的诗
覆盖另一首。
一首好诗，我至少要用一个完整的夜晚，
一个白天，
加上无数次沉思，
来享用它慢慢弥散的教义。
可更多的时候，
你的诗，比你还要沉默不言。

我见过你两次。
除了礼节性的问好，没有再说多少话。
但我一直远远地静静地望着你，
像你坐在大海边一样。

2017 年 9 月 18 日

日落之光

一无所有的地方，再一次抬头仰望。
天空下，我静静站着，感受光芒降临，又缓缓离去
内心的宁静，足以安放突然出现的整座星空

2017 年 9 月 28 日

星空下

流水带来星光，带来大地深处一片安静：
风吹过来，虫子的叫声摇晃。水边的野鸟，再一次
向对方靠拢。那无处可依的一只
紧紧抱住了自己

2017 年 9 月 28 日

小野菊

只有混迹蒿草，才是安全的
只有退身野外，才是自由的
只有寄情秋风，才是高贵的
多年来，我一直视小野菊为卑贱的蒿草
冬天深了，便把它割回来，当柴烧
小野菊，并不因此萎蔫，或者把金色的光芒暗淡下来
相反，凭着秋风，小野菊
年年都会让一面山坡变得辉煌无比

再次经过山坡，秋天已经深了
牧羊人正依着一面坡，眯着眼睛
享受秋日的静美和安恬
满坡的小野菊，也并没有因为他的瘸腿
而萎蔫，或者暗淡下来
相反，它的香，似乎比平日里更加浓烈了
它的金色，也比平日，辉煌了许多

2017 年 9 月 29 日

中秋月

光芒已经饱和
像一粒糖，不能再甜了
再甜，就开始发苦

而我所能承受的思念
也已抵达极限
只能用认真活着，将其扳回

我用团圆收藏的中秋月
现在，已经开始动用
用一次，就少一枚

当我翻开口袋
口袋已经空无一物
你就挖个坑，把我埋起来

那一刻，重逢的月亮
将照亮永别的天堂

2017 年 10 月 4 日

落叶辞

这是我一生
最温暖的时刻。
我对人世有着浓浓的情意。

我爱每一次遇见的事物,
爱贫穷
和坚持。
甚至,在内心
我原谅了我曾恨过的所有人。

甚至,我爱秋风
比夏天的风多了一份执着,
它要去的地方,
我依了它,
它喜欢的颜色,
我尽量呈现。

我待过的枝头,
不再迷恋,
我陪伴过的花朵
和果实
它们圆了我的梦。

只有秋风,
是我的。

它一天比一天更有力。
它带我去的地方，
我十分向往。

2017 年 10 月 6 日

一坡黄花：兼题友人微信照片

这满坡的黄花，比金子灿烂。
这迎面的风，比人心柔软。

坐下来，就不想走了。
这是我出生的地方，
也必将，是我沉睡的地方。

时间不曾走远。
举目望去，童年的天底下，
那个牵着毛驴的孩子，
还在灼热的土地上打着赤脚。

沿途都是亲人，贫穷的、富有的、善良的、凶悍的，
埋下他们的地方，
都开着金色的花朵。

终有一天，我也会在时间中放下牵绊。
我希望，埋下我的那座山冈，
也能在秋天，开出同样的花来。

2017 年 10 月 7 日

看　戏

我知道他们在演戏，
但我还是流泪了。
像一块薄脆的玻璃，稍稍一碰，
就碎为一地。

我在内心告诫自己，不能
轻易落泪，不能被剧情所骗，
可我还是一次次上当，
一次次，为别人死去活来。
好像我的体内，有无数个别人，
需要逐个去爱。

2017 年 10 月 11 日

羊杂碎

我有我的苍茫，我也
有我的辽阔。

在银川的寒风中，无数只羊
在我体内渐渐走远，渐渐
消失在寒凉的苍茫中。

冬天已经抵近，大地上草木枯黄。
一个早上，一碗羊杂，和鲜红的辣椒、碧绿的菜碎，
给我说了人世间最温暖的话，
它有呛人的辛辣，也有浓浓的膻味。

2017 年 10 月 12 日

一地落叶

叶子黄了。
大树的叶子黄了，
小树的叶子也黄了。
昨夜风雨，人间，
就多了一条覆满落叶的金色小路。

我在路边停车，建议过往的车辆绕行，
也请早起的环卫工人休息一天。
人间需要一地落叶，
甚于
一条一尘不染的路。

2019 年 11 月 24 日

落　叶

一片叶子落下来。
又一片叶子，落下来：
一场金色的雨，落在时间中。

叶子黄了，落迟、落早，有什么关系？
风，吹不吹，有什么关系？
落在哪里，又有什么关系呢？

一枚黄了的叶子，就是一个走累了的人，
折返回来，带着记忆的金币，也带着
簇新的火苗。

有时，它在你的脚下，
也有时，它在你的肩头。
风吹，它温暖的心跳，就在空气中轻轻回荡。

2019 年 11 月 24 日

安息日

1

秋火渐熄
大地斑斓
孤独的豹死于远足
倒于道旁
葬于落日

2

秋风渐紧
讣闻密集
日落的路上
温暖，和寒冷一样
都是金色的

3

只有孤独的时刻
才是自由的
我和世界相互坦诚
互不相欠

4

你所说的天花乱坠
落下来
对我都是坚硬的石头

5

陪着你绽放
也陪你
凋落

6

安息日
万物
安好

2017 年 11 月 13 日

我的马跑在风中

只有我
看到
它在跑

只有我
看到
它在风中
跑

它是我的马
是我的
跑在风中的
马

它不停地
跑
不停地
在风中跑

远方
像一台发动机
藏在
它不停跑着的
身体内部

只有

不停地跑

不停地

跑

才能让它

和周围的事物

区别

开来

2017 年 7 月 19 日

肩头的那只鸟儿终会弃我远去

它总在我的肩头
总会弃我远去

它呼呼呼扇动翅膀
转眼
就到了陌生的地方
它耸肩侧身
又藏匿

它也会在人群中发呆
扑腾
落下眼泪

它一次次喊我"停下!"
喊我"跟上!"
有时,我是一个恋爱中的人
有时,我又是一个喘着粗气的老者
我在人间走过
总有人会指着我说:
你看,那个鸟人!

对于它
我心甘情愿:

做它落脚的树桩

做它远路上的脚程
做它迎亲的花轿
做它砧板上
烧红了的
铁

它总在我的肩头
又总会
一次次丢下我
远去

2017 年 7 月 20 日

黑　夜

白天过去，就是黑夜
中间有一场落日

一生中，深陷其中的事物
终将被黑暗替代
唯有光，可以幸存

一个人，本质上就是一个漫长的夜晚
在巨大的黑暗里
无法分辨

有一些骨头会发光
但那是少数
黑夜的尽头是什么，谁也说不上来

2017 年 11 月 30 日

寒　夜

空气中，拱手长揖
说：先生请了，请了
这世界寂寥
空阔
就等你了

暮色埋人
一炷香，转眼就燃尽了
这狗屁人生！

杀两枚辣椒佐酒
度寒夜
盆火正旺时，窗外
雪花收走了来时的路

2017 年 12 月 3 日

冬　夜

夜空中
我听到布谷
在叫

布谷
布谷
冬天哪里来的布谷呢？

布谷
布谷
黑夜里一条没头没尾的路
一闪
就不见了

2017 年 12 月 4 日

长 夜

马，逃跑了
白马
逃进了黑夜

纯白的
马
逃进漆黑
的夜
一声不响

一声不响地逃跑
躲藏
继续逃跑

白马
我在黑夜挖坑
要埋了它

2017 年 12 月 4 日

白 夜

杀一匹黑夜
洗它的
魂魄

洗月亮
干瘪的钱袋
无光可掏

洗灯烛
生香的肌肤
不着一字

洗握笔的手
越洗
越黑

洗锦衾上的两只
鸳鸯
正在戏水

2017 年 12 月 4 日

雨 夜

烛光里凿壁
修建寺院
无用的东西越挖越多

不停地挖
不停地坍塌
无用之物黑白难辨

本是要供一尊佛
却连一盏灯
也放不下

沿指尖钻心的疼
挖下去
直到挖出生活的穹顶

2017 年 12 月 4 日

月　夜

身负命案的人
在月下逃跑

风比他快
树叶上潜伏着追兵

这斑驳的世界
要了他的命

在一面绝壁上
坐下来

对着月亮
说出内心

2017 年 12 月 4 日

静 夜

我有黄昏
有
无数个黄昏
发呆
流泪
削一颗苹果

我有刀
有一把
锋利的
刀
削苹果
也削
肌肤

世界浑圆
而苹果
已经发皱

苹果发皱
而刀
依然锋利

活着
削一颗已经发皱的苹果

让垂落的果皮
干净
完整

让果肉
还有当初的
甜

果皮还在垂落
但可削的
已经不多

2017 年 12 月 6 日

夜是神奇的软体动物

像风
不停靠近
也像水
反复裹挟

密不透风里
有星光的漏洞
无懈可击中
有残梦的渡口

它靠近
蠕动
又退却

手指所触
好像梦和生活的亲吻
神秘的涟漪
朝两个相反的世界
退去

2017 年 12 月 24 日

我的小猫溜走了

我的小猫溜走了，我一直在想它。
它是昨夜从后门溜走的，
我为此责怪开门的人，
也和他一起去花园找过，
但没有找到。

小猫和我相处很久了，
我给它吃煮好的鱼肉，喝新鲜的牛奶，
也给它精致漂亮的笼子，
可它现在不在了。

我一直都觉得它对生活很满意，
但为什么要溜走呢？
它难道不怕来来往往的车流吗？
不怕那些凶恶的流浪狗吗？
不怕找不到吃的吗？
难道它也喜欢像邻居家的小猫一样，
脏兮兮的，去垃圾堆转悠？

为了等它，我一晚上没有关门。
深夜里，我听见风刮了三次，
树叶落下来在满地跑，
可就是没有它的声音。

奇怪了，昨晚上

邻居家那只讨厌的小猫，

为什么也一声都没有叫呢？

2017 年 10 月 29 日

猫　生

1

不把它送予人
因为残疾
总怕别人照看不好

残疾的猫也很乖巧
知道黏人
知道用幽蓝的眼睛看我

给它好吃的
给它温暖的窝
陪它一起玩耍

爱是一种回馈
相互都会照亮

2

毕竟它是残疾的
带它去看医生
告诉医生要尽心

我说予医生的话

它懂
即使疼，它也忍着

3

残疾的猫也会叫春
也会怀孕
失踪三天回来，它要做母亲

多么美好的时光啊
命运给了它健康的孩子
并把它们养大

幽蓝的眼睛深处
似有一汪碧潭
命运给予的，它都存在里面

它是一只猫
有残疾的躯体
也有柔软的皮毛

它也是母亲
看着孩子时
叫声比人还温柔

4

如果不再遭遇疾患
如此猫生，堪称完美

它还会生下许多毛茸茸的小家伙

可它摇晃着出现在我面前时
它的世界遇到了麻烦
我却束手无策

我再次告诉医生
尽心救治
我想让它活下来

它遇到的不幸我感同身受
它叫声里的绝望我能听懂
我却毫无办法

医生说，放弃吧
已经花了太多的钱，不值得
我说不！

钱不能用来计算生命
除了爱，和尊重
没有什么可以面对另一个生命

5

可它还是走了
当我用手去抚摸它湿漉漉的身体时
它挣扎着，想站起来

它听到了我的声音

想和我告别
它的心，我懂

春天已经来了
一只可怜的猫
却走完了一生

埋下它的地方
来年的花
会替我说出对它的想念

2019 年 2 月 26 日

茶是一片心怀远方的叶子

1

古老的枝条里
藏着一条小路
月光和雪
都在堆积

那个小人儿
米粒大小，总会出来
穿过月光，或者雪
去山谷的另一边

2

雨水总是多于阳光
有时大，有时小
如果接连几天
它会洗掉一片叶子的浮躁

雨中的黄昏
总比平日来得早
长夜里，左手找到右手
一局残棋未完
天就亮了

3

成长是静默的
风会翻动每一片叶子

只有云朵
才会擦出天空干净的蓝

走累了的人
安静地汲饮
刹那间
他会变成透明的树

4

叶子心怀远方
蝴蝶深陷旧梦
清晨的露水打湿彩翼
往事，久久不能脱身

有梦不怕路远
她扇了扇翅膀
那些簇拥着的山峰
就都飘了起来

5

鸟会叫

会在树叶中鸣叫

一枚树叶鸣叫

其他的就会静静听着

阳光穿过一株千年的茶树

仿佛穿过爱情

更多的叶子

把话藏在心上

爱让它绵长

也让它安静

6

水声会被潮汐置换

总有一些夜晚

不轻轻摇晃

也不点灯

黑暗中

静静坐着

想一次遇见

有时，会偷偷发笑

有时，会有一丝不安

一杯水，正在渐渐变成月色

夜晚给予的

比这还要多

7

有茶的夜晚是相会
黑暗把最好的部分留给了你

夜晚会被月光充盈
渐渐轻，渐渐浅
渐渐在消失中呈现
又在呈现中消失

直到成为你想要的事物
从古老的枝头长出来

8

翻一座山梁访友
架一座小桥送别
拂一块石头长夏午睡
捡一堆枯枝寒夜温酒

焦躁的叶子要掐去
利欲的花朵要摘除
小路虽旧
但通往明天

明天的枝头上
想说的话
还要说上一遍

9

想说的话，可以借着茶水婉转
可以提前

心慢慢变暖，霞光慢慢呈现
一切都将清澈：
路途的劳顿、颠簸
一座客栈的温暖与一列车厢的快意
由你至我，路转峰回

10

时光漫漶处，我已重新上路
悠久的鸟鸣中
每一片叶子
都是光阴安详的脸

一杯茶就是一座微妙的深山
自然
而然

2017 年 7 月 21 日

下　午

静静坐在书桌前，看那个照片中的小人儿
看他胆怯的目光充满畏惧
看他身边的亲人，紧紧依偎
时光，会在某年
停下来，形成断崖

静静，看他长大
看他混迹在人群
为了生计
流下泪水

时间的行刑队，一直都在逼近
那些被时间带离的亲人，音讯全无

想想当初怀揣的梦想，想想一生
背负的恩情
时间，又在心上，一次次，手起
刀落……

2018 年 10 月 7 日

寒露，兼致 C 君

天冷了。
不是从今天才开始冷的。
天冷了很久了。
我们都在准备过冬的衣物，
准备把自己包裹起来。
我们多么可怜!

天冷了，好多好看的花朵，
已经成泥。
它们成泥的样子，让人感慨。
有些花朵，却才开始绽蕾。

今天，我在我的西山梁，
看到许多花朵，正在绽放，
金子一样的光芒
照亮了天空。
西风吹过来，它们像一群闪光的战士。

那种黄色的花朵我认识
它叫野菊花。
我在它们身边坐下来
西风，好像正在召集整个世界的火焰。

2018 年 10 月 12 日

记梦：大海中响起惊雷

大海中响起惊雷
海水，就把海浪从海平线推过来
一堵柔软的墙，从蔚蓝中呈现，弯曲，翻卷
高过头顶，又扑向海岸
阳光，就把它携带到天空的鱼群照亮

我惊异于大海裹藏的秘密
像一种馈赠，哗啦啦打开，抛撒在脚下
我也惊异于海浪跃过头顶，
又迅疾拽回，像辽阔的致意

我也是大海上漂泊的人
靠一根绳索上岸
在领走大海斑斓的馈赠之前
我拥有的绳索磨损甚重，却终未断绝。

2018 年 10 月 16 日

戊戌八月二十七，襄阳寺遇释侦荣住持

松树下，他双手合十，
向我们问好。

山坡上，他捻珠微笑，看我
和满坡的菊花耳语。

在茶房，他说
通往寺院的路该修了。

四周曾是杀伐之地，十万兵士埋骨山坳。

如今，他种的玉米已经收割，
他舍谷的鸟儿就栖息在寺院的林子里。

研究历史的人说，这里曾是抗金的十二连城。
他说，这里也叫飞凤山。

凤，也是鸟。
一座没有围墙的寺院，钟声里，祥瑞的鸟儿岂止一只。

2018 年 10 月 18 日

戊戌九月初六，游木门道

两山的树叶红了
像血，又在时间中渗出。

修庙的人走了，庙门关着。
不见诸葛。

密密麻麻的鹊在头顶盘旋，不愿散去，
像乱箭，在找寻什么。

哗啦啦，大队人马自远而至，
又在风中隐没。

山脚下，有人扛着自行车过河，
那背影，像张郃，也像诸葛。

2018 年 10 月 18 日

绿皮火车（一）

从天水到敦煌
绿皮火车一路走走停停
有时，在等旅客
有时，在等别的车辆通过
透过车窗，我仔细阅读着外面的事物
发电树、线路塔、防沙墙、棉田、红柳、梭梭草
已经燃烧起来的胡杨树，还有
无边的戈壁和夜色

绿皮火车一路走走停停
不急不躁
真是好脾气！
在靠近敦煌站的地方
我看到了巨大的广告牌
成群的旅游大巴
也看到了在敦煌上空飞翔的鸽群
我想象的东西一个也没有出现：风沙、羊群、盘旋的鹰

2018 年 10 月 21 日

绿皮火车 （二）

夜色中，绿皮火车像一只发光的虫子
它穿过辽阔的河西走廊，就像穿过繁星密布的天空
所有的星星都倏然惊起，又缓缓落在身后
黑暗中，速度让它获得了柔软的翅膀
就像多年之前，我在鲜花盛开的山坡奔跑
美丽的蝴蝶被纷纷惊起，又缓缓落在身旁……

2018 年 10 月 24 日

日落阳关

走远了的一颗心，渐渐又折返回来
走远了的一个人，影子越来越细

落日不停下坠。落日坠落在那座颓圮的烽火台里面
落日坠落在那座已经熄灭了的烛台上

落日挡不住的黑暗渐渐漫过大地
落日，把万物磨成细细的根须扎在大地上

2018 年 10 月 21 日

胡　杨

荒漠上掘井，挖出火焰
时间中建房，堆起黄金
金色的胡杨林上空，被风吹乱的鸦群，呼啦啦
又落在了火焰中

2018 年 10 月 21 日

在大漠

遇见一株草，就遇见了一个奇迹
遇见一只鹰，就遇见了感动

在大漠，人和沙子并无多大区别
他们同时都在经过时间的指缝

2018 年 10 月 21 日

阳　关

辽阔的国土上
阳关
是贴着胸口的边境
无人可送
就和高冷的月亮干一杯

2018 年 10 月 23 日

党河夜行

这来自阿尔金山的河水，
为我带来问候。
每一朵粼粼的波光里，
都有一只盘旋的鹰。
它们的翅膀，仿佛驮着雪山的银子。
也仿佛，敦煌的飞天
携恩出巡。

2018 年 10 月 23 日

星光之城

这辉煌的虚无之所，落日焚毁一次，
星光，就会重建一次。
一次次，我因听见头顶钟磬齐鸣，而在人间久久静坐。

2019 年 8 月 16 日

月　亮

躺在床上看月亮，
我还是没有写出一句明亮的诗来。

月亮在窗外移动，光就照在我的身上，
这样的感觉真好，像有人睡在身旁。
有时醒来，月亮已经看不见了，周围全是黑暗和虫鸣；
有时醒来，她还在窗口，好像未曾走动。

在夜晚，月亮的光和美好，都是有限的，
像一个人的余生。

2019 年 8 月 16 日

天空有字

"你看，乌云 gu（古）dui（兑）dui（兑）的
天，要下雨了!"
顺着老人的指尖，我看到天空云动，如翻滚的岩浆。

多么灵动的词啊!
"gu dui dui 的"，我能读出这个联绵词的上声去声和轻声，
可我无法将它写出来。

"你听，雷声 guo（锅）za（匝）za（匝）的，
老天爷，要收人哩!"
在老人惊惧的怀里，
我听到头顶雷声如劈，势不可挡。

多么威严的词啊!
"guo za za 的"，我也能读出这个联绵词的上声去声和轻声，
可我无法将它写出来。

问过无数人，也翻阅过许多词典，
我都没有找到老人们说给我的，
这些来自天空的词语。

我想，只要眼里有 gu dui，心中有 guo za，
何必一定要把它写到纸上呢?

2018 年 12 月 17 日

初识字

"gu dui 一动生云起
guo za 三声显威灵"
在阴阳先生书写符咒的黄裱纸上，
我看到了两行我读不出的对联。

"三个云念 gú，四个云念 dùi，
三个雷念 guó，四个雷念 zà。"
透过幽昧的石头镜片，阴阳先生告诉我，
这些繁复的字，该怎么读。

多么鲜活的词啊！
它们几乎自己就喊出了自己的读音，
我却才第一次认识它。

"这些字，书本上没有
都在天上。"
人到中年，我才知道，
天空是个大字典，而我，
也许只是一个睁着眼睛的瞎子。

2018 年 12 月 17 日

修理发电机的人

见到他时，他正和年轻的妻子
坐在小店的门口绕线圈。
这是他的工作：修理发电机。

只有深深嵌入生活，才知道
好多事情不是一坏了之，修理之后，
或许更耐用。好几次，我去催活，
他总是笑着说：等等，等等，就好了。
即使和我说话，他的手也不停下来，
像一架编码稳定的机器。

时间过去几十年了，他的小店从路北
移到了路南，他们夫妻的微笑，
也就从路北移到了路南。路南偏阴，
总有巨大的阴影笼着，但他们总是微笑着，
不停绕着线圈。身后，坏掉了的发电机，
黑乎乎地堆着，落下去，又堆起来，
落下去，又堆起来，
好像，在替他们呼吸。

2019 年 9 月 21 日

收酒瓶的人

嘴角的劣质香烟，缓冲着生活的异味。
火焰和激情，永远留给了别人。
十指的味道，是生活的味道，
有人含泪亲吻，有人却要躲避。
他弯腰抱起，没有喝干的酒
就顺着黑乎乎的手指流了下来。
只有夜深人静，他才觉着
自己也是一个被生活喝空了的酒瓶，
任凭时间
吹出呜呜的声音。

2019 年 9 月 25 日

想兰州

吃一碗牛肉面
是蹲在路边的想
宽有宽的韧劲
细有细的绵长

喝一碗"三泡台"
是坐在黄河边上的想
苦有苦的心甘
甜有甜的抱怨

喊一曲甜甜的"花儿"
是从心到口的想
想念的骆驼驮着盐巴
想念的尕妹子坐着羊皮筏

兰州,兰州
昏天黑地,是一场西行的风沙
欲言又止,是一枚敦煌的月牙

爱兰州

爱牛肉面
爱临街的，爱很多人排队的
牛肉面

爱蹲在街边，不加肉
也不要小菜的
牛肉面

爱它清亮的汤
柔韧的面
以及漂浮在表面的蒜苗碎

爱牛肉面就是爱兰州
爱得起
记得住
想起，口水就止不住

读兰州

用日光读
兰州，就是驼队进城
丝绸写经

用月光读
兰州，就是河水点灯
哑巴念经

用吹过大青山的风来读
兰州，就是沙尘开悟
飞天讲经

我不能用雨水来读
雨水金贵，甜了城外的
白兰瓜

忆兰州 (一个人的兰州回忆)

在红山根的地下招待所，我住过两年，
窗外是一个海鲜批发市场，
每日凌晨四点，人声嘈杂，
天亮之后，人与海鲜散去，我像一条漏网之鱼。

在南河滩小学，我上过两年半的学。
期间，一个漂亮的女孩退学，
带走了我的好时光。
期间，我打过一次架，被学校开除的，
却是一个无辜的旁观者。

天水路近代物理研究所五楼，是《飞天》编辑部，
每隔一段时间，我会揣上自己的诗稿，去拜访。
在那里，编辑老师微笑着问我："你为什么这么写？"
后来，我常常这样问自己。

在黄河边的大教梁，
住着我的老师。
他已经八十多岁了，
每次去看望他，我都很难过。

在滨河路，我爱着的那个女孩，
告诉我，她不得不离开我。
我在一夜之间接近了真理：
爱的柔软，
永远打不赢现实的坚硬。

再后来，我带着母亲上兰州看病，
又在绝望中，把她拉回老家。
这距离父母亲第一次带我上兰州，
已经过去了二十二年。

兰州，兰州，
这么多年，黄河一直不动，
而我，已经走远。

兰州，兰州，
这么多年，黄河已经走远，
而我，还在从前！

2018 年 12 月 29 日

冬日篇

疯狂的巨石再一次躲开人群
落在了空地上

阳光中

在枯干的落叶中间，我无法分清是马先蒿、风铃草，还是山丹花的
　叶子，
死亡，让它们拥有了相同的安静和斑斓。

在枯干的野草中间，我却分得清野棉花、风毛菊和一蓬飞廉，
即使死亡，它们也没有放下各自温暖的想法。

早晨的阳光穿过光秃秃的树干，打在我的身上，
我匍匐在枯草中间的身影，也有着一点即燃的安静与斑斓。

2017 年 12 月 27 日

岁　末

阳光甚好

天空依旧很蓝

沿着老路上山，枯草野鸟

都是旧知

风微寒

恰好吹动远方

在山顶坐下来

迎着太阳

看枯草们轻轻摇晃

有些花草落光了籽实

却更加好看

人也应当如此

即使岁末，也要为自己盛开一次

2017 年 12 月 31 日

风毛菊

枯死了的风毛菊
在寒风中再次盛开

和秋天的花朵相比
在冬天，风毛菊更加雅致

其实，这些在枝头闪光的
并不是真的花朵
而是风毛菊落光了籽实的花蒂

但我更喜欢满身花蒂的风毛菊
古铜色的，有时光的深邃和沉稳
也有放下的洒脱

即使是冬天，草木都枯死了
风毛菊也要为自己盛开一次

2017 年 12 月 31 日

迎亲的车队穿过田野

迎亲的车队在田野上穿行
不是一支
是许多支

甜美的爱情在人间传递
不是一家
是无数家

眼见的好事降临
不是一人心
是万人心

桃花屋后孕蕾
喜鹊门前筑巢
古老的大地上，流水一路走一路欢唱

炊烟起处
灯火亮了
听，远行的人就要回来了

2018 年 1 月 1 日

雪　行

忍受着天地间的一种坠落
一种无可挽住的消逝
万物肃立
寒冷轻轻敲击

一条路越是难走时
越是无可替代

2018 年 1 月 2 日

腊八节的温暖

大风吹雪，天堂散银。

积庆寺的舍粥已经熬好，
早起的人，从清晨的黑暗中走来，
领走这庸常日子里的惊喜。

除了内心的温暖，更多的人一无所赐。

风中，他们在内心紧紧抱一下，就各自散去。
黑暗依旧，
头顶的积雪，已经开始融化。

2018 年 1 月 24 日

雪地上遇见老虎

雪地上，遇见老虎。遇见
积雪困住的火焰和美：

遇见华美的纹饰像抖动的天堂，猛然静止；
遇见流线型的脊梁不停楔入时间深处，优美而锋利；
遇见它前爪悬空，肉蹄紧缩，后爪深深嵌入积雪；
遇见它黄金的王座熠熠发光，粗壮的尾巴横在空中；

隐秘的电流击穿生命，体内的黄金气绝身亡。
那目光深处的星空如此灿烂！
那突然消融的天空一派寒凉！

时间凝固。世界在愣神的刹那，喜极而泣！
在它华美的皮毛和威严的目光中，我看到上天
拈花静坐，满目慈悲。

2018 年 2 月 5 日

雪，是天堂的花朵

1

雪，飘在天空是花
落在地上才叫雪

许多雪抱在一起
叫温暖

2

下雪，是天堂的倾诉
你看到了什么
天空，就说了什么

甚至，你看到的
远远要比天空说出的多

3

我总希望，雪能更大一些
好让我听到
更多关于天堂的消息

4

雪落下来
更多的雪落下来
整个世界，就都是一副恋爱着的样子

如果有一只漂亮的鸟儿
欢叫着飞过头顶
那就是上帝的祝福

5

雪的心上
没有什么是肮脏的
即使在太阳下独自哭一场
她也要把万物心上的美说出来

一夜落雪
天亮，那还没有人走过的世界
就是雪要告诉你的一切

2018 年 1 月 3 日

下雪了，妈妈在扫回家的路

天亮了，雪未停
妈妈已经在扫回家的路
漫天的雪花扑打妈妈弯曲的腰身
像在扑打一个固执的火苗
她头上的红包头是那么好看！

积了一夜的雪
扫起来是那么吃力
但想到年关将近，正是孩子们回家的时候
她好像就有使不完的劲

干净的雪花像长夜里的烛光
也像漫长日子里的太阳
她扫一下心头的温暖就增加一分

拐过那个弯道时，雪花好像大了起来
但妈妈努力向前的身子并没有停下来

她不停地扫着
好像要把回家的路扫到天下游子的脚下去
她不停地扫着，渐渐大起来的雪花，就都围着她
喊：妈妈妈妈……

2018 年 1 月 4 日

积　雪

1

西山梁的积雪，要比别处厚
人迹罕至的去处，也是寂寞的所在
积雪的白，和四野无人
都让人难以抑制

2

落雪很厚的地方比想的要美
一路向上，雪在加厚
除了风把枝头的积雪拂下来，就剩下
雪中行走的声音了

3

咯吱咯吱的声音很好听，有陷入
和踩踏的快感
积雪吹落的扑簌之声也很好听，
有情不自禁的坠落和飘升
这世界，只剩下我和雪了
发出的任何声音，都是幸福的声音

4

天地被掏空，寂静泛起干净的浮沫
我想把这冰雪裹覆的树木和枯草也穿起来
和他们一起，去阴云密布的天空，
完成一场盛大的起义
只动用寒冷和爱，策反人心中幽禁的美
把那些温暖的雪人，派往人间

5

这天堂的语言和赞颂
这寒冷的刀锋剔出的别宫
光芒之手托举，西山梁无限靠近天庭
而一只无处可逃的野山鸡，
它在积雪下的惊恐并无必要
我会放过一切美好的事物

6

我甚至会放过一条路上的两行脚印
放过一丛雪下的两粒心跳
放过穿过人间的唯一水流
和抵达深夜的一片灯光
这美好，一如希望
爱上它时，上天再一次
把雪落在了人间

2018 年 1 月 5 日

窗 外

阳光照着大地上的积雪
也照着
大地上的空
和满
它们的光芒
难以分辨

一个人走在雪地上
是动走在静中
是黑走在白中
是热走在寒冷中

一个人
走在尘世上
是提着自己尸体的一个旅客
走在迷茫中

在经过的地方
我一次次
把自己留下来
并看着他们
一个个
消失在人群里

2018 年 1 月 7 日

如果雪再大一点

如果雪再大一点
出山的路就完全堵上了

如果雪再大一点
独木桥也就过不去了

其实，雪已经足够大了

去一次小卖部要在雪中蹚很久
抱一次劈柴也要扒开厚厚的积雪

其实，过冬的粮食已经足够
劈柴也够了

我央求别再出门了
可她，没有吭声

其实，外面的雪还在下
但我还是希望：雪，再大一点

2018 年 1 月 7 日

大风吹一块乌黑的石头

不说，
不见得不爱。

一块乌黑的石头走在风中，
它的沉默，和出身一样深不可测。

风不停吹它，
要它开口。

一块乌黑的石头，
甚至会被嫌恶。

即使所有的人都不爱，
大风还是会吹它。

大风吹一块乌黑的石头，
石头就会渐渐红，渐渐热。

在故乡的炉灶里，
母亲，也在吹一块乌黑的石头。

一块乌黑的石头，就渐渐透红，渐渐羞涩，
渐渐呈现婴儿的苏醒与安恬。

2018 年 1 月 9 日

运煤的卡车穿过了田野

不是黑，渐渐入侵；
也不是冷，在渐渐逼近。

是内心固执的念想奔向家门；
是远方烫心的温暖扑向妈妈。

一辆卡车无法轻松，
缓慢的爬行犹如朝觐。

即使寒冷漫无边际，一块石头的热，
总会平安抵达。

即使白雪阻断交通，一块石头的热，
总会迎来春天。

一辆大卡车，穿过田野，在村口停下来，
妈妈，就把那些乌黑的孩子迎回家。

一块乌黑的石头，和母亲之间，
是永远都不会消失的——春天。

2018 年 1 月 9 日

黑，是上天给一块石头的荣耀

是上天的，
也是大地的；

是过去的，
也是未来的；

是短暂的，
才更是久长的！

一块石头，背负的爱越多，
承受的遗忘就越多；

蕴藏的热越多，
累积的黑，也就越多。

一块石头来到人间，不是燃烧什么，
而是释放什么；

不是借助什么，
而是带来什么。

和它洗不净的黑相比，
所有的浮华，都是长夜；

和它短暂的存在相比，

所有久长的路过，都是异乡；

和它温暖的内心相比，
所有的季节，都只有严寒。

一块石头，带着洗不净的黑经过人间
它呈现的，都是上天给它的荣耀！

2018 年 1 月 9 日

把火，藏在石头里

把黑，藏在石头里
把夜，藏在石头里
把黑夜里的沉睡，藏在石头里

把火，藏在石头里
把热，藏在石头里
把火与热的会面，藏在石头里

把疼，藏在石头里
把爱，藏在石头里
把由疼到爱的路径，藏在石头里

乌黑的石头不说话
要不，在久久的遗忘中等待
要不，在短暂的燃烧中离去

乌黑的石头，一生，只说一次话
只有寒冷中的人
才能听得懂

2018 年 1 月 11 日

煤矸石

在乌黑的石头中间，
找到一块矸石，很难。
黑是一种谦卑，
容易藏下虚伪；

在燃烧的石头中间，
找到不燃烧的一块，也很难。
燃烧是一种品质，
只有灰烬，才能说出它的真伪。

蔚蓝色的火焰，是火中的真火，
上好的煤，烧出天空的颜色。
合格的采煤者，从石头里，
掂量出了火焰的重量。

一个采煤者，一生，都在历练一种真火。
他重复着灰烬的路线，
充当着矸石的角色，
只有爱他的人，才能感受到他深邃的温暖。

2018 年 1 月 11 日

观　山

草木长，
草木枯，
山不言。

鸟声歌，
鸟声哭，
山不言。

风雨起，
风雨止，
山不言。

太阳升，
太阳落，
山不言。

山不言。
山呈现万物，
万物呈现自己。

2018 年 2 月 14 日

观　水

生命是水的故乡
远方，是水的宿命

水从高处起程
一路向下
遇见草木，便站起来

花是水的梦
果实，是水的旅程
一粒果实在人间的行程
是水，在生命中的探亲访友

水流经村庄
母亲就把她挑回家
年轻的母亲来自另一座村庄
她的女儿
随爱去了远方

母亲灌满水桶
又目送流水远去
好像在心上，又送了女儿一次

2018 年 2 月 14 日

观人心

焚香。
叩头。
许下心愿。
佛在，
佛不语。

佛前灯，
问佛金身：
那人心，
应不应？
佛曰：应！

佛前灯晃了晃，
问：福禄寿喜财权爱
你手中并无其一
如何应人？

佛曰：蜡烛自己不发光，
你又如何照人？

天空降下雨水，
树木结出果实，
而枯叶浮尘随波逐流。

佛前灯恍然一亮，

曰：佛

应人！

2018 年 2 月 14 日

观自在

看山绿，
是我绿；
看水清，
是我清；
看花盛开，
是我盛开；
看果满枝，
是我满枝；
看叶飘零，
是我飘零；
看万木枯，
是我心枯；
看人欢笑，
是我欢笑；
看牛羊流泪，
是我心流泪。

太阳下行走，
长夜里静坐。
看灯飘摇，
是我心
——飘摇！

2018 年 2 月 14 日

观世音

行走在光中
就是行走在你的眼中
行走在眼中
就是行走在你的心上

行走在光中
就是行走在尘世的风中
行走在风中
就是行走在你无处不在的呼吸中

你说"菩萨"
菩萨就来到你的身边
你说"爱"
爱就充满你的心田

爱是一条大路
走着菩萨
菩萨是一盏灯
唤她
她就亮了

2018 年 2 月 24 日

要有光

佛说，要有光
光，就照见了佛窟

佛说，光照见什么
就拥有什么
光，就照见了天空
和它的高
照见了大地和它的宽广
照见鸟群飞过
山花繁盛
照见一条小路通往远方

佛说，要有爱
要宽容
空空的路上就有了行人
行人匆匆
眼含泪水
走在风中

2018 年 2 月 18 日

一只耳朵的羊

上西山的半路上，碰见牧羊人，
腿依旧瘸着，身上的衣服好像一年未洗。

谈起他的羊群，他说，羊疥癣已经快好了，
但昨夜，一只羊的耳朵被什么撕下了。

下山时，我绕道去看他的羊。
可怜的羊，孤零零地，站在洞窟口。

被什么撕下了的耳朵耷拉着，血迹已经冻住。
要是人，这不知该怎么叫疼！

"已经两天没吃一口草了，
肚子里的羊羔，还不知能不能保住。"

可怜的羊！孤零零地站在洞窟口，
望着牧羊人，甚至不叫一声。

2018 年 12 月 31 日

阳光照着那只受过伤的羊

阳光照着它的伤口，
也照着它警觉的眼神。

已经第五天了，它终于开始进食。
即使一点枯叶，总比什么也不吃要好。

在碰见它时，其他的羊都在低头吃草，
唯有它，警觉地，抬头望着我。

对于一只受过伤的羊来说，
它比其他的羊，更知道抬头的含义。

2019 年 1 月 1 日

那只丢失了耳朵的母羊快要生羔了

翻过西山梁，我又去看那只丢失了耳朵的母羊
在单独的洞窟里，它身体健硕
眼神安详

瘸腿的牧羊人告诉我
伤口已经愈合
肚子里的小羊羔，也快要生了

冬天快要过去了，青草很快会钻出地面
我摸了摸自己的耳朵
曾经隐隐作痛的那一只，忽然不痛了

2019 年 2 月 3 日

"一只耳朵的羊妈，下了两只羔"

"一只耳朵的羊妈，下了两只羔。"
这是这个春天最温暖的消息。

当我走到山腰，羊群已经爬上了山顶。
牧羊人正坐在早春的阳光中，满脸堆笑：

"今年的冬天，没有冻死羊羔。"

他这样说时，山上的树木已经发芽，
山顶上，那只一只耳朵的羊妈，正抬起身子，
去吃那株槐树的嫩芽。

蓝天下，两只羊羔，像两朵干净的云朵，
静静依偎在它的身边。

2019 年 4 月 20 日

一只小羊

山路上，一只小羊
含泪向一群进村的人打听：
"看见我的妈妈了吗?"

"妈妈——
妈妈——"

它并不知道，它的妈妈，
已经在村长家的锅里，
给这群人，煮了两个小时了。

2019 年 8 月 25 日

逆　光

坚硬的事物在时间中慢慢消融，
光，让它们柔软。

在和万物融为一体之前，我感到小小的推力：
时间在后，阳光在前。

不尽的人超过我前去，很快，就不见了。
鸟在空气中飞着，叫着，好心情可遇不可求。

我也有漆黑的背影，我的坚硬
也在时间中消融。

早晨的阳光爱我，和爱那些飞远的鸟儿一样。
此刻，我眼里的事物，都有迷人的光。

2019 年 1 月 21 日

灰　鹤

这忧郁的大嘴巴，时时会陷入沉思。
我怀疑，它并不是在为食物发愁。

它的存在，仅仅比虚无高了那么一点点，
有时，简直和虚无一样。

似乎，没有什么东西，
能在它面前保持长时间的矜持。

流水永不回头，或许就是因为
它的一动不动。

鱼儿遇难，是它在用行动告诫流水：
收起你那些自以为是的小心思吧！

它不认为世界是危险的。
它只是纠结那些没有想通的问题。

有时，我盯着它发红的眼睛，一动不动，
内心却是那么绝望！

2019 年 1 月 21 日

白　鹭

我以为那小小的灯烛将要燃尽，
晃了一下，却又站了起来。

它的白，是天生的。
水底雪山的倒影，和它好像一对孪生的姐妹。

它柔软的脖颈，便于时时低下头去
亲吻水里的星空。

它好像来自另一个星座。它的光
持久而干净。

月光下，它翩翩起舞，水面宽广而幽静。
我觉着，它的美，简直就要深情地开口说话了！

但更多的时候，它纤细的长腿带着它，
从水田走过，一言不发。

2019 年 1 月 21 日

鸬鹚

穿着黑斗篷的密谋者，聚集在沙滩上。
即使饿着，也是一副吃饱了的样子。

翅膀张开，好像要和头顶的太阳决斗。
脑袋侧着，脖子斜伸出去，好像在倾听远方。

勤快的水鸭子和它们截然不同，总是在波光里翻寻。
而鸬鹚，永远像独行的侠客，顺流而下，又逆着波光飞回从前。

2019 年 1 月 21 日

寒风中的大白菜

我只是在写冬天的大白菜成熟了
砍下来，码在地头

我只是在写寒风翻出了万物心头的绝望
只有大白菜还在绿着

我只是在写即使没有好的价钱
大白菜依然绿着
它们挤在一起，等着被认领

不是每一件事物都有深意
我和大白菜一样简单

我们在寒风中相遇
彼此多看了一眼

是的，即使绿色终会漏尽
但温暖早已传递

2015 年 12 月 11 日

一片枯草

野草的一生让人羡慕，开过花，结过籽，
冬日的阳光下，有着温暖的颜色。

许多野草站在一起，不孤单，不寂寞，
即使枯死了，也是那么幸福!

风轻轻吹过，它们集体发出刷刷的响声。
它们摇晃，会看见野鸟筑下的巢穴。

冬天已经很深了，而一片枯草中，
春天，好像从未离开。

2019 年 1 月 21 日

末 路

天快黑了，群山挡住了去路。

风像一匹马，不停地嘶叫、打响鼻、用蹄子挖刨脚下。

我以为它发现了什么。

——它只是把黑暗堆得更高！

2019 年 1 月 28 日

落　日

这个世界，只剩下落日了。
它的光芒正在散逸。

在我站立的地方，满树的鸟儿全都噤声不言。
我多么希望它们能飞起来，哪怕仅仅一只，
"呀——"的一声

或许落日，就会停在地平线上。

2019 年 1 月 28 日

巨 石

巨石从山坡滚落，朝着人群一路狂奔。
它翻滚、弹跃、又砸下
现在，只有神能控制它的方向。

我不止一次在命运面前束手无策。
也不止一次，因为翻滚的巨石在人群的边上
猝然拐弯而泪流满面。

昨夜梦中，疯狂的巨石再一次躲开人群，
静静地，落在了空地上……

2019 年 1 月 31 日

炉 火

乌铁的炉盖在暗淡的灯光下渐渐变红，炉火开始呼呼作响。
如果打开炉盖，它会狂奔而出，撕碎囚禁了它的纸张、木柴、煤块，
甚至，它会撕碎围困了它的一切。

可它是温暖的，柔软的。当我把双手伸过去，我感到温热的舔舐
和抚触；感到一种久久隔离和囚禁后的归顺、认同以及反叛、抗争。
我看到它粉色的语言，在反复赞美老旧的事物。

它必将复归于沉寂，复归于冰冷和淡漠；复归于事物无法拒绝的
　囚禁
和埋藏。像煤块、木柴、纸张、铁、灰烬和黑暗。
像一个无家可归的人，忽然想起了回家。

2019 年 2 月 2 日

独　坐

坐久了，那些桌椅、杯盘，以及墙壁
会自己走动。微尘像小小的天使，也像微缩的游蝶。
阳光穿过玻璃，如入无人之境。
如水潺潺。盆花的叶子，努力朝向窗外。
片片，通透如玉。
世界在消失。越来越邈远。
一声鸟叫，若有若无，自远而来。
忽然，落花掉落在身，复又坠地。
我若在乎，她便远离。

2019 年 2 月 2 日

除夕·立春

阳光穿过窗格，照在床单上。
这是旧冬的绝唱，也是新春的颂词。

阳光照归途，也照旧大门上新贴的春联。

有人着新衣。
有人包饺子。
有人手持香烛走进庙门。

阳光穿过窗格，照在盛开的君子兰上。
君子兰静静开放，像一个安静的人
——深陷人世的幸福与芳香。

2019 年 2 月 8 日

一个人的除夕

有一扇门，缓缓打开，阳光，就"哗"的一下进来了。
许多的阳光，流水一样，金子一样。
有点晃眼，有点驳乱。

有一张桌子，已经擦亮，
反复擦，
桌子，就慢慢有了心跳，有了呼吸。

好多的菜已经做好，好多的碗筷，也逐一摆上。
酒斟满，我叫一声亲人，喝一杯，叫一声，再喝一杯，
无人应答，却已泪流满面。

窗外的天空中，一朵烟花开了，
又一朵烟花
开了。黑暗中，一只手哆嗦着，点一枚
童年的烟花，却怎么也点不着……

2019 年 2 月 9 日

寒风中

寒风中，几个孩子在认真完成一个梦想：造一把枪。

链扣子、辐条帽、橡皮条、铁架子，他们认真组装、捆扎、敲打，
　浑然不觉，寒风快要吹破脸蛋。

一把枪就是一个男孩子的梦。

想着填进去火柴头，链子枪就能发出清脆的声响，他们的内心，就
　突突突直冒火焰；
想着手持链子枪在庄子里走过，无数羡慕的目光会让他们无比骄傲；
想着"有枪"是一个男人最男人的样子，他们就感觉不到饥饿和寒
　冷了。

寒风吹着他们，他们满是冻疮的小手是那么可爱。
寒风吹着他们，他们打满补丁的衣服真是好看。
寒风吹着他们，不停地吹，好像在吹一堆小小的篝火。

2019 年 2 月 9 日

回　家

无边的夜色里，所有亮起来的灯火中间，
有一盏，一直暗着。我驱车向它
满心凄楚。此刻，坐在沙发上的人有福了。
围着火炉的人，有福了。独自生气
或者相互拌嘴的人，也有福了。
他们或许不知道，此刻的安逸，并非人人拥有。

2019 年 2 月 12 日

老家一无所有，但我还是想它

想一次，灯台上的蛛丝就会断一根
想一次，灶塘里的冷灰就会生出暖意
想一次，栏檐台阶上的绿草就会把根深扎一分
想一次，那几间颓圮的老瓦房就会坚持着，不倒下

想一次，那片流过汗水的土地就会从空中飘过
想一次，那条走了一生的田间小路就会从云端探下
想一次，那面埋下亲人的山坡，就会海浪一样，卷过来

忍着泪水想，咬着牙关想
老屋的灯，就亮了
就会有人从黑暗中缓缓走来，把风蚀的门慢慢打开……

2019 年 2 月 15 日

雪压着旧年的劈柴

雪压着旧年的劈柴
日子变得安静
每一根枝条，都经历过风雨
也经历过死亡
斧戕之声渐远，火焰正在沉睡
我热爱的冬天大抵如此：
雪不停地落下来，又慢慢化掉
每一根劈柴，都足以让我把那些温暖的句子
读出声来

2019 年 2 月 26 日

安多合作米拉日巴佛阁

层层有佛，
阁阁有主。
佛主在龛，
佛经在函。

九层塔其实只有八层，
剩下的一层在头顶，
要用灵魂去攀登。

石头身，
木头心。
人要脱鞋进门，
鸽子，却在佛的肩头梳理羽毛。

安多合作米拉日巴佛阁，
就是合作安多藏区向阳的山坡上
一幢赭红色的大房子：
供佛主，
藏佛经，
栖鸽子。

2019 年 8 月 24 日

美仁大草原

细雨。
浓雾。
花朵的灯盏。
——八月的美仁大草原，用猝然加身的寒凉
开门迎客。

兴致勃勃的远客，
更有惊惧的心。
在美仁大草原牦牛清澈的眼中
他们，也是湿漉漉的，
为突然荡开的美，微微发抖。

一株经幢样的
黄臬吾花，在浓雾中，起身
相送。

2019 年 8 月 24 日

下加拉村画佛像的人

每画一笔
他都要用嘴唇，轻轻抿舐一下笔锋。
各种颜料的味道
他谙熟于心。

他说，每一幅佛像，
都在心上。
心静了，才能描出
佛的慈祥。

他画佛像
不画佛的眼睛。
佛的眼睛，要留给师傅来画。

他的脸上，粘着各种颜料。
也像一尊
五彩的
佛。

2019 年 8 月 24 日

在甘南

在甘南，随处可以席地，看鸽群
飞往赭红色的佛阁。

佛主漫步的地方，云朵不停擦拭大地，擦拭
行人的双目和心灵。

半路上碰见捡垃圾的人，或许，
他就是一个菩萨。
转眼，又成了遍地野花。

2019 年 8 月 24 日

下 雪

习惯了不下雪的日子，
下雪，就是下惊喜。

喜悦也有重量，
会让一条落光了叶子的树枝，
慢慢，弯垂下来。

喜悦，也会燃烧，
会把一只乌鸦眼里的灯，
悄悄点亮。

下雪，就是下温暖——

就是天空把自己的衣服脱下来，
轻轻，盖在大地身上。

2019 年 11 月 24 日

阴郁的风中有命运的瘦驴

天空一低再低
低到屋檐、到郁结的眉头

阴郁的风中有命运的瘦驴
晴好的天空有初生的大道

人不是老于时间的流逝
而是老于对往事的纠缠

我有时牵马于水滨
有时，骑驴于飘飞的细雨中

我一路走一路放弃
天黑就投宿

2019 年 11 月 29 日

当你想起，或已失去

抱怨秋风，失去落叶；
抱怨天寒，失去一场好雪。

抱怨杨花飞絮，失去春天；
抱怨酷暑炎阳，失去一场蝉鸣中的小睡，
失去清溪浦的一树鸟鸣。

抱怨孤灯，失去夜雨呢喃；
抱怨长夜，失去红泥暖火绿蚁新醅。

王孙不知拥有好，
当你想起，或已失去。

2019 年 12 月 1 日

荻　花

荻花，不仅生长在水边。

通往西山梁的小路边，
荻花一簇簇盛开。
只有逆着光，
才能发现它的美。

也不仅仅是秋天，
荻花才盛开。
草木枯落的严冬，
似乎才是荻花的舞台。

好多事物我们常常经过，
却并不相识。
正如我每天都去西山梁，
也并不知道，是在穿过一座古老的城。

我也不知道，我们苦苦寻找的，
荻花，一直都在坚守。

2019 年 12 月 11 日

在山坡独坐

是落花的一部分
也是飞鸟的一部分

是虫子的一部分
也是野花的一部分

沿着山坡坐下来
我更像一个忧郁的旁观者：

风，把花瓣撒在身上
又轻轻吹去

2019 年 12 月 12 日

归　途

运菜的车翻了。
运羊的车，也翻了。

满路都是新鲜的大白菜，
和死去的羊只。

倾翻的还有大板车。散落的轿车，
和大白菜、死羊并没什么不一样。

圣诞是一个平常日子的别称。
结冰的路挡住了一个又一个回家的人。

有人清扫路面，
有人冷眼旁观。

有人捡拾残损的白菜，有人
以手抱头蹲在路边。

圣诞打着双闪，
忧伤的太阳，慢慢落下了山……

2019 年 12 月 25 日

落　日

荒凉的小路通往山顶
空茫的人世上，只剩下落日

落日眼中，乌云也很美丽
这辉煌的一刻，天空倾斜，江河涌动

空茫的人世上，万物都有漆黑的影子
但落日爱它们

落日爱着的，此刻都给它们光
但落日并不把它们带走

心碎的一刻，落日，甚至留下了
深深的爱，只带走了自己

2017 年 1 月 4 日

小　坐

这是父母的坟头
我未来的归处

在他们脚下
也有属于我的一小块地方
此刻，长满了蒿草
蝼蚁们来来去去
好像旧知

我坐下来
不说话
风从坟堆上吹过
又吹我的脸

我坐下来，为父亲点一支烟
风，似乎就吹得慢了

2017 年 1 月 5 日

丙申小年，兼寄弟弟

往年小年，是父亲祭送灶爷。
近年是我。今年，我客居异乡，家里的灶爷
就要你去祭送了

老人们说，灶爷是一家之主
大宗显族腊月二十三祭送
庶民小姓，要晚一天
不问为什么
越是看不见摸不着的戒律
越要心存敬畏

祭灶爷要献糖瓜
送灶爷要嘱咐几句好话
通常都是"上天言好事，下凡降吉祥"
老人说：灶爷吃了糖瓜
上天言事就不乱说了

现在想想，做我们的灶爷
也真难为了他
大概在天上，也如我们在人间
唯唯诺诺，噤声不言
尽管也是神，可在神中间，
他也不过一介布衣

天上人间，大抵如此吧！

小年且逢大寒，人生至此，寒冷已透骨子
再难以忍受，春天还会远吗？

今年，祭送灶爷，就不要再嘱咐了吧
灶爷想说啥，就让他敞开心扉去说
如果真有上天
如果真要言事
我倒希望也让他说几句心里话
他是我们的主人
我们承受的，也必然是他所承受

唯有谨记，除夕夜，一定要焚香化纸
把我们的灶爷接迎回家
再怎么着，他都是我们的主
祖辈的积修，都堆积在他的心上
有了他，烟火起处，生活就有了方向
有了他，再苦的日子，也就是一种希望

2017 年 1 月 21 日

向西部平凡的事物致敬

罗振亚

打开包苞的《草原》组诗，河曲马、若尔盖草原、乌鸦、泽荡湖、月亮峡、寺阁山、青泥岭、剑门关、郎木寺镇等西部特有的意象接踵而至，并支撑起了诗人的主体人文取向与情感空间。这种现象至少提供出一个信息：在某种程度上包苞是靠地域书写起家的，作为有主见的诗人，他没被流行的肉感或玄学趣尚左右，不在抽象、绝对之"在"领域高蹈地抒情；而是瞩目足下、身边普通甚至卑微的事物，以及因之生发的感受经验。其忠实于生活、生命的在场性机制，昭示着诗人具有对平凡事物抒情的能力，也使文本多人间烟火气息，元气淋漓。如《郎木寺镇》从风景、习俗到氛围、情调，都氤氲着浓郁的西部味儿，它天地妙合，美善一统，山水应和，动静相宜，色彩互衬，死生连通，"神人共处，相安无事"，如一段流动的音乐，又似一幅凝定的画面。看似客观的对象复现，实则宣显着心物共振后的情感认同，诗人在事物面前谦卑低调的抒情姿态，对寺院金顶、白龙江水、黑色的红嘴鸦等色彩具象的纤毫毕现，即可视为欣爱之情的外化。再有《河曲马》中，那"骨骼伟岸，鬃毛低垂"的"安静"生灵，孤独坚忍而有耐力，自然地生，从容地死，生生死死，代代如此，"和它在草原相遇，互换眼神，/我们就带走了，各自的前世今生"。这里抛却生死轮回的观念不说，单是人、马泾渭难辨的"互换"，已使河曲马成为西部人和他们悲凉命运的隐喻。

也就是说，包苞的西部观照从不止于文化、民俗意义上的"绘形"，而是注意诗意的提纯和升华，寻求"地理志"之上的精神超越，为西部画像的同时，更为西部"状魂"与"传神"，体现出既是匍匐于地面的"兽"，又是能贴伏地面也能盘翔于天空的"鹰"之理想状态。具体而言，"心灵总态度"和象征意识的融入，敦促包苞的诗立足地域却不粘连于地域，飞动在写实和象征之间，抵达了西部灵魂乃至人类精神的本质深处，即便世俗的观察也常别有洞天。

在西部与日常生活情境、经验间建立联系，意味着传统技巧在传达诗意时已不可能完全奏效。好在包苞对此非常清楚，并且通过多年的摸爬滚打，练就了过硬的艺术本领，对标志一个诗人是否成熟的方向感越来越强。所以，除却《月亮峡》《碎片》等仍沿袭意象、象征抒情的路数但技法愈加娴熟之外，包苞更清醒地悟出诗歌和其他文体比较，对"此在"经验的占有和对复杂事物的处理能力方面欠缺显豁，若要继续发展必须取长补短，进行艺术翻新。如他尝试借鉴叙事文体的长处，将叙述作为维系诗歌和世界之间关系的基本手段，一方面保持诗性本质，一方面大胆吸收对话、细节、事件、过程、场景等因素，有时甚至把诗演绎成一种事态、一段过程。包苞对草原之美与爱的揭示，即是通过一系列细节、画面、情境片段的串联完成的："从若尔盖，去郎木寺的路上，/我一次次停车，等成群的牦牛经过。//在那些回过头来注视我的，小牦牛的眼睛深处，/神，也有一双好奇的眼睛"（《过若尔盖草原》）。"牛羊在远处，/云朵的影子也在远处……我停车给过路的牦牛让路，/彩虹的另一边，河曲马正回过头来看我。//它眼里的越野车，像一只巨大的甲壳虫，/正努力翻过彩虹"（《草原》）。两首草原诗歌不约而同地写到在草原深处，汽车在路上行驶，"我"停车给牦牛让路，牦牛或马和"我"互相注视……这些动作、细节和画面，见出了诗人的怜爱悲悯和西部动物的孤独友善，触摸到了众生平等、人神和谐的隐秘理念，使诗获得了一定的叙事长度和宽度。只是因有情绪压着阵脚，诗向叙事文体的扩张仍是诗性叙事，提高了诗歌吞吐题材、处理复杂事物的能力，浓化了诗歌的人间气息。

组诗也呈现着情思硬度日益强化的倾向。包苞有过抒情气十足的艺术时期，而后阅历、经验的累积，同先天出色的直觉力遇合，使他的诗逐渐走向生命、生活、死亡与自然等命题的凝眸和咀嚼，多了一份理性思考的重量。如果说《碎片》在情感河流的淌动中有一缕理意"石子"的闪光，乌鸦、自己、放弃、"碎片"和"聚拢"关系的分别建立，赋予了文本一种形而上的言外之旨；《夜登寺阁山》中"那一刻，靠在我身边的人，/一夜，也许就是一生"，隆起了辩证的思维向度，成为瞬间与永恒关系的深度揭示。那么《沐林怡之夜》已凸显出思想的筋骨，"有你坐在对面/月亮，才会从酒杯中升起//昏暗的灯光和酒/都不适合爱情/爱情老了/生活才活出了味道"。它与其说是爱的力量咏叹，不如说是爱情本质的洞悉，在自然之美的陶醉中，抵达了生活和生命的真谛所在，理趣丰盈。这种思考品质提升了情思硬度，也构成了对传统诗歌观的诘问，难道诗歌真的只是生活的表现、情感的抒发或感觉的状写吗？它有时是不是一种主客契合的情感哲学？

有人断定包苞的人和诗反差强烈，此言甚是。包苞用现代性技术营构近乎传统的诗歌，置身于后现代氛围，文本却充满古典气，新旧互动，古今混凝。读着他这样的诗句，无法不产生回到唐宋的错觉，"雨滴中，有嘚嘚蹄声，／有依旧凋敝的山河，／在等一匹瘦弱的驴子。／／微雨斜飞，雄关耸立，／而我心荒芜。／／人群中，风吹游人的面孔，／如翻阅／一面面破旧的旗子"（《微雨剑门关》）。从意象到意境再到韵味，丝毫不弱于古诗，容易唤起读者稔熟的审美记忆。反差强烈的又一表现是作为典型的西部汉子，包苞身材魁梧，为人仗义；可他的诗却走着婉约的艺术路线，像"千杯过后，／花满枝头""树叶的背面，一只蝴蝶，／在等天明"（《暮春，酒厂听雨》）似的"软性"风格者在他的诗中俯拾即是。那里有传统艺术因子的浸渍，也源于精巧的构思、神奇的想象和质朴而飘逸的语言合力，它们常与美结伴而行。

曾经有人善意地提醒包苞，宜开阔视野，向大气雄浑的境界归趋；我倒不以为然。因为任何诗歌群落的形成绝非众多个体求同的过程，每位诗人个性的确立是群体肌体绚烂与充满活力的保证，西部诗歌需要大河奔腾与狮虎怒吼，也需要蝶舞双飞与小溪潺潺，豪放的主流鸣唱与柔美空灵的生长同样不可或缺；何况一个诗人的心智性情结构中必有恒定的气质因素，决定着诗人能否成功，如果心地柔软的包苞非要弃绝婉约，难免会声嘶力竭、捉襟见肘。

——2019 年《诗刊》上半月刊第 10 期

罗振亚，南开大学穆旦新诗研究中心主任、文学院教授、博士生导师。出版有诗集《一株幸福的麦子》《挥手浪漫》，曾获星星年度诗评家奖、扬子江诗学奖、建安文学奖评论奖、草堂诗评家奖等多种奖励。

借一块煤，叩问内心

——读包苞组诗《黑色是一块石头的荣耀》

邵 悦

当下诗坛，诗人包苞的名字大多数人都不陌生，全国各大刊物都发表过他的诗作，所以，无须多言其作品质量如何。去年四月，他投一组非煤矿题材的诗给《阳光》，我没有编选，而是邀他为煤矿写一组诗。当时，他以"对煤矿生活不了解，怕写不好"为由推托。我的一句"没有诗人到达不了的地方"，带给他的不知是激励还是激将，他勉强答应了。今年一月，包苞才把一组写煤矿题材的诗发到我微信里，并留言："因为您的信任，我为煤矿写了这组诗。第一次认真面对煤，说实话，当我想到这一切时，我的心是那么激动，又那么惭愧，我觉得这么多年，是我慢待了煤……请按刊物需要选稿，我不要求什么。"

"这么多年，是我慢待了煤"，这样的觉醒，对于在煤矿企业工作多年的我来说，不能不心生感动。身为煤矿文学刊物的编辑，读过多少写煤的诗稿，自己也记不清了，能在记忆中留下深刻印象的诗却为数不多。诗人包苞的这一组诗《黑色是一块石头的荣耀》（共5首），让我久久回味，心情难以平静，深深地感动着。这种感动，不只是诗歌本身所具有的神性与崇高，更多的是来自诗人对"煤"的大彻大悟，对"煤"的忽又良心发现。那些如同煤块一样坚硬而深邃的诗句，行行掷地有声，句句叩问心灵，是煤的黑、煤的硬、煤含而不露的火焰，让他找到了内心深处又一种良知和担当；是一种对"煤"的情感亏欠的良知，借以对光明、对温暖的渴望与召唤。在煤炭形势不算景气的时下，有这样一份觉醒，实属难能可贵，相信读到这组诗的煤矿同仁们都会有不同程度的感慨。诗人包苞并非在煤炭系统工作，可他的诗让我再次看到一个诗人对万物苍生的悲悯与大爱情怀。他用那特有的灵性、深沉的悲悯来履行其代言人的职责，从这个角度来讲，不是诗人在写诗，而是诗在写诗人，诗心永恒，诗意便永恒。

煤矿题材的诗歌创作，对本行业内的诗人来说相对容易一些，因为他们接触过煤，甚至深入井下亲手采过煤，对煤矿的工作和生活感同身受，很容易激发创作灵感，使诗句信手拈来。对行业外的诗人来说，写"煤"就有了一定难度。但我个人坚持认为：一个好诗人，有能力驾驭任何事物，没有诗人到达不了的地方。要写好一首煤矿诗歌，诗人要先把自己的心"放"在煤里，彻底地了解煤、感悟煤、爱上煤，再用心灵把煤点燃，燃起火红通亮的激情，诗句便水到渠成般地涌流出来，且无懈可击、无可挑剔，甚至令人感动。一般诗人不具备爱上煤的能力，或者不具备为煤做一次感情牺牲的能力。由此，我更加感激诗人包苞为"煤"所付出的爱。从笔法纯熟、老道的诗句里，我们随处都能读出一块煤带给他的自我反思、自我觉悟和自我教化，随处都能捕捉到他对"煤"的深情厚爱。诗人创作的过程，也是读者进行艺术审美后与作品产生共鸣和自我反思的过程。我们进入文本跟随诗句，走进诗人"采煤"的心路历程。

　　"一个好诗人都是心静如水，贴近万物方能蓄其涵养，而且满怀慈悲。诗是人类的良心，只有痛人之痛、爱人之爱，才可以写出打动人的作品来。"包苞是这样说的，在诗里也是这样呈现的。他的整个创作过程都是循着"人性温暖"这根主线走的，对现实、宿命的深刻体验，赋予了诗意一种悲悯和温暖的气场。在《大风吹一块乌黑的石头》里，一开篇就明朗地阐述了这一点，使读者毋庸置疑："不说，/不见得不爱"。"大风"以最温暖的意象隐藏其后，为下文吹出大爱，埋下伏笔。"一块乌黑的石头走在风中/它的沉默，和出身一样深不可测"，"一块乌黑的石头"即一块煤，在这里，"煤"如同繁杂社会中的弱势群体，又仿佛孤傲的夜行者，只因从隔绝人世的千尺地下走出来，自觉"黑"是一种卑微而不敢开口说一句话；"大风"吹拂万物，也吹拂一块黑煤，像一位慈爱的母亲呵护孤僻的孩子，怕人们歧视他，怕人们不爱他，便"不停吹它/要它开口"，直至把他吹得"渐渐红，渐渐热"。此时，诗人以沉稳的张力，完成一次情感跳跃，回归到故乡，"大风"就此还原成"母亲"，为结尾回归生命之初建构起坚固的桥梁。升华的母性，使"黑石头"在炉灶里找到真正的温暖，进而复苏并鲜活起来，"一块乌黑的石头，就渐渐透红，渐渐羞涩/像安恬的婴儿，渐渐苏醒过来"。这种

"移情"运用，自然而贴切，毫无生硬与牵强之感，一块煤、大风、母亲完全融入一起，形成内敛、知性、温暖的统一体。至此，诗人完成了小客体与大环境的融入过程，达到事物性、人性与自然性有机结合的平衡性，不可分割，不可替代。生命的本真、存在的本真，最终，无非都要归结到最原始、最纯净上来结束，由不得谁不去遵循这一自然规律。这种通明的透视观，是诗与诗人特有的深邃、敏锐的洞察力所决定的。

当某种事物带来的温暖与"母亲"紧密衔接，又以母性的基调延伸下去时，就成了一种永远的爱与被爱。诗人包苞就是紧紧抓住母亲这一世间无可替代的朴素而普遍的审美对象，来延展诗意走向的。在《运煤的卡车穿过了田野》里，我们随处都能感受到这种伟大的情怀，使得那些婴儿般初见天日的"煤"，无论走到哪里，都能得到母亲般的呵护与厚爱，不再被世人歧视，不再担心自己的黑，从而让那些与生俱来的黑，发挥内在无限的潜能，发出热、发出光、散放希望。此时，它们又像离家多年、载誉而归的游子，怀揣满满的乡愁，奔回家门，奔向母亲"是内心固执的念想奔向家门/是远方烫心的温暖扑向妈妈""即使寒冷漫无边际，一块石头的热/总会平安抵达//即使白雪阻断交通，一块石头的热/总会迎来春天"。在这里，"春天"意象的引入，是诗人再一次用写作对象"煤"自身的能量，开疆拓土，拓展了"煤"的宽度、广度、深度和热度，使得读者抛开"煤"表象的黝黑、坚硬和狭窄，跟随诗意走向温暖明媚的春天。而诗人对诗意的拓展绝非无限度、无节制的，散放出去，也能恰切地收敛回来，借助移动的事物——大卡车，回到诗的主体，万变不离"煤"的主旨和内核，"一辆大卡车，穿过田野，在村口停下来/妈妈，就把那些乌黑的孩子迎回家"，诗人对"一辆大卡车"意象的引入，不是无缘无故的，从事物存在规律上看，凡是移动的事物都有无限再创造的可能，使创作思路疏放自如的同时，也赋予了意象本身的灵动性和恒久性，只有写作技巧娴熟、老到到一定程度的诗人，才能有这样的神来之笔，给读者创造出近无虑远无忧的意境。"田野""村口""妈妈""孩子""回家"一连串没有任何炫彩的词，极具亲肤之感，使诗从神性降落到人性，使读者从细微处找到作品抒发诗意的真实感、存在感和可依赖感，甚至触动内心，引起共鸣。一首好诗，都会把读者引进这种归属感。"一块乌黑的石头，和母亲之间/是永远都不会消失的——春天"，诗的收尾处，诗人以张力实足的空间感，把"煤"安置在"春天"这样一个大温暖的境遇里，即独立存在，又未与母亲分离，虽远尤近，之间由春天来传递的，除了温暖还有母亲的牵挂和不安。而这里的"母亲"，小到受之发肤之躯，大到疆域国土，这种由弱到强、由小到大审美框架的建构的同时，贯穿诗人创作情感上的大收大放，使诗意充满无限张力和感染力，达到赋、比、兴的完整呈现，实为上乘之作。

苏珊·桑塔曾以"土星气质"来定义那些外柔内刚的写作者，我觉得包苞的诗作也可以从这个层面来理解。诗人创作这组诗时，定位了诗歌本身朴素的内核，并隐喻其哲学性的使命。造物主创造万物时，赋予它们以不同的存在形式和千差万别的特质。但一切美好的事物都是安静的，无论存在哪个角落，它的安静都会打动人，它的光芒都会散发出来。诗人创作的本身是如此，他用笔"采出"的一块块"煤"也便如此，表象越安静，蕴涵的色彩越丰富，进而无处不在，永恒持久。在《黑，是上天给一块石头的荣耀》里，诗人把一块深藏地下千万年的煤，视为世间最美好的事物，正是因为美好，便赋予了它无处不在的、永恒的状态："是上天的/也是大地的；//是过去的/也是未来的//是短暂的/才更是久长的！"天地有大美而不言，于天上、地下共存，于古今、时空同在。由此，诗人把对"煤"的爱与敬，上升到至高无上的地位。一旦某种事物超出世俗或常人的视野、思维时，便抵达了出神入化的意境。而这种意境又是哲学的对立平衡、矛盾统一的必然结果，一块煤也是如此："一块石头，背负的爱越多/承受的遗忘就越多//蕴藏的热越多/累积的黑，也就越多。"从这里，我们不难读出诗人敏锐的哲学思考，一块煤的本身也因此超脱了世俗，升华到芸芸众生之上的一种清明世界，用一种明澈而温暖的情怀包容着世间的万事万物，不由自主地引领读者去思考人生百态和真、善、美的渊源："一块石头来到人间，不是燃烧什么/而是释放什么//不是借助什么/而是带来什么//和它洗不净的黑相比/所有的浮华，都是长夜/和它短暂的存在相比/所有久长的路过，都是异乡//和它温暖的内心相比/所有的季节，都只有严寒。"繁杂喧嚣的现实生活中，每个人都试图寻找一种平衡，虽然这种平衡注定是无法平衡。在这种寻找过程中所呈现出来的，往往是给予的多，得到的少，付出的多，收获的少。上天却也有意无意地调整着这种平衡，让那些只问耕耘、不问收获，只讲奉献，不求索取的人得到积极上进的持续力量，"一块石头，带着洗不净的黑经过人间/它呈现的，都是上天给它的荣耀！"互为矛盾体的呈现，使事物与生俱来的特质无所谓黑与白，无所谓卑微与高贵，所有的失衡不只在诗人的笔下找到了平衡点，也变成了一份荣耀，进而达到天人合一的完美境界。这正是西方文化探索的乌托邦宗旨，也是东方文化所追寻的道法自然的归宿。至此，一块煤感动了诗人，诗人也幻化了一块坚硬的、黝黑的、能燃烧出熊熊烈焰的石头，燃烧了自身，温暖了他人，明亮了世间。我们感受诗歌艺术的同时，也完成了一次愉悦的审美旅行，感受了诗人替代造物主重新造化一块"煤"的奇妙之处。

埋藏越深、越久远的事物，内核潜藏的东西就越多、越厚重，形成的深刻内涵却不一定为常人所知。一旦这种内涵被熟知它的外力打开或触及到，潜藏的东西才像找到知音一样，琴瑟合鸣，发出深邃浑厚的声音来关照人世，悲悯众生，由此自怜也自救。深藏地下千万年的"煤"便是如此，在《把火，藏在石头里》一首诗里，诗人通过累加、类比、递进的方式，层层深入，把包罗万象都深藏在煤里："把黑，藏在石头里/把夜，藏在石头里/把黑夜里的沉睡，藏在石头里//把火，藏在石头里/把热，藏在石头里/把火与热的会面，藏在石头里//把疼，藏在石头里/把爱，藏在石头里/把由疼到爱的路径，藏在石头里。"再把诗意像挖煤一样一镐一镐地刨出来，反复回味五味杂陈、反复体悟暗疾伤痛，直至笔锋旁逸，一剑通透。在这里，诗人从抒情对象"煤"里获取的不是向上的动力，而是向下的压力，用诗人包苞自己的话说"举笔犹如举江山"，由此物到彼物，从他人到自己。一块煤能深藏得住这么多人间的悲欢离合、人情冷暖，是因为"煤"的深远黑得发光，黑得能驱走世间的寒冷。诗人借助煤的特质，把人生哲理与其紧密结合起来，用托物喻人的创作手法，达到深度创作的基点，引发读者由衷感叹的同时，也深深震撼着心灵。整个诗意看上去外松内紧、静中有动，维特根斯坦说过"对不说话的东西，应保持沉默"。"乌黑的石头不说话/要不，在久久的遗忘中等待/要不，在短暂的燃烧中离去"。煤的一生，亦是人的一生，"煤"是"寒冷中的人"温暖的寄托，一生保持沉默，只有最需要它的时候，它才能开口说话。这种说话的方式，就是燃烧，就是火焰，就是光明。"乌黑的石头，一生，只说一次话/只有寒冷中的人/才能听得懂"，此时，大有"一指落下，遍地生死"之势，诗人、诗意和世事完全融为一体，集客观和达观于一身，一边是求实、求真，一边是求虚、求美，两边拉开的力量，看不见却可以触摸，听不到却可以感受。

　　纷繁社会鱼龙混杂，当一种事物放出光亮时，便或多或少地掩盖了部分真实的表象，也许还会产生影子和反正面："黑是一种谦卑/容易藏下虚伪""燃烧是一种品质/只有灰烬，才能说出它的真伪。"这是事物二元性和个人气质所决定的，无可厚非。"矸石"在煤堆里不容易找到，是因为它粘上煤的黑，是否燃烧，灰烬会看得清清楚楚。诗人独具慧眼，在此借助"矸石"来对比衬托，对客观事物进行冷静敏锐的思考，明辨真伪，由诗歌的神圣与现实相撞而擦出的火花，如同找到归宿的星子，陨落也是升华，黑暗也是光明，使诗句和"煤"同时透出一种凛然无畏的气度，驱邪除弊，去伪存真："蔚蓝色的火焰，是火中的真火/上好的煤，烧出天空的颜色/合格的采煤者，从石头里/掂量出了火焰的重量。"诗人以极其鲜明的态度，对一块黑煤抒发着冷柔情，目的在于引出采煤者的苦难与艰辛，"一个采煤者，一生，都在历炼一种真火/重复着灰烬的路线/充当着矸石的角色/只有爱他的人，才能感受到他深邃的温暖"。诗人在收尾处，才把自己从"煤"抽离出来，把再度升华的"煤"还给真正的采煤者，诗意直接引向了真正的采煤工人，使其具有与煤等同的崇高品质，他们一生都在挖的不是煤，而是永恒不灭的"真火"，一生所走过的路是一条长长的弯曲的巷道，所有的苦痛艰辛，只有深爱他的人才能理解，才能感受他带来的温暖。煤在地下，人在地上，和煤相比，人的一生也许都是长夜。

　　诗歌的创作，不是为了提取事先预见的"意义"，不是被社会关系绑架的人性变异；是要建立疼痛感，写到人性的深处，不要答案，没有人要你的答案，是把读者的目光引向创作过程自身，引向深远意味的持续扩散，通过词语、意象、语境的重新分配和组合，让读者看到表象后面的荒芜和苦难。诗人包苞在一块《煤矸石》里，成功地完成了这样的审美创作过程。读者的审美历程与诗人的创作心路历程殊途同归，是欣赏诗歌艺术的最佳效果，但读者对任何一首诗的审美与考量，都是源于对诗作的热爱与尊敬，在阅读的审美过程中，是否契合了作者的审美创作视角，是否坚持了诗人的主张和方向都无关紧要，重要的是读者个人的体验与感受，成了瞬间性意义的生成与幸存之地，某种生命体验，信仰追求，天地之道，灵魂状态，与大自然呈现的"混沌"场域相融时，我们便有种再次涅槃重生的鲜活感，一种蓬勃旺盛的新生力量，会再一次灌输到我们的血管里，生生不息地流动。或许这种感受便是诗歌的宗旨所在了。

《黑色是一块石头的荣耀》五首诗表面看上去，每一首都在各写各的煤，各抒各的情，各讲各的理，但诗人包苞建构这组诗内核框架上是一脉相通的，诗意是层层递进的，进而使得这组诗形成即可拆分、又可统一的整体，由此，更加体现出诗人创作态度上的严谨认真、一丝不苟，这实属令人敬佩。解读完诗人包苞的这组诗，确实有种意犹未尽的感觉，诗中那些笔断意连的"空白""沉默"，仿佛一次次真正的神异之声在互相碰撞，引起与世界共舞的内心共鸣，通过一块"煤"揭示出人性的深度，人性边缘的痛，让我再一次深刻体会到诗人是最温暖的人，是永远心存敬畏的人。诗人包苞对"煤"无法预料的"相见恨晚"，扩大了诗人自己，也扩大了温暖，正如他自己所说：

"目光朝向自己，才能看清方向。写下它们时，我是在用柔软之心拥抱着'煤'，拥抱着这个世界——"

——2018 年 11 期《飞天》

邵悦，女，中国诗歌学会会员，中国煤矿作家协会会员，辽宁省作家协会会员。《阳光》杂志编辑。有作品刊发于《人民文学》等多家报刊，作品入编多种文献。获第七届全国煤矿文学"乌金奖"提名奖，《人民文学》社、《诗刊》社、中国社会科学研究院、中华全国总工会等征文奖多项。著有诗文集《玫瑰色薄雾》等 8 部。

图书在版编目（CIP）数据

与寂静书 / 包苞著. -- 武汉 ：长江文艺出版社，
2024.4
　　ISBN 978-7-5702-3342-7

　　Ⅰ. ①与… Ⅱ. ①包… Ⅲ. ①诗集－中国－当代
Ⅳ. ①I227

中国国家版本馆 CIP 数据核字（2023）第 186851 号

与寂静书
YU JI JING SHU

责任编辑：胡　璇　　　　　　　责任校对：毛季慧
封面设计：源画设计　　　　　　责任印制：邱　莉　　王光兴

出版：长江出版传媒 | 长江文艺出版社
地址：武汉市雄楚大街 268 号　　　邮编：430070
发行：长江文艺出版社
http://www.cjlap.com
印刷：湖北恒泰印务有限公司

开本：640 毫米×970 毫米　　　1/16　　　印张：18
版次：2024 年 4 月第 1 版　　　　2024 年 4 月第 1 次印刷
行数：7386 行

定价：48.00 元